에세이

노어 論語

全圭鎬 編著

明文堂

　오늘이 필자의 68년 생일이다. 《에세이 천자문》 상하권을 출간한지도 어언 3년이라는 세월이 흘렀고, 마침 오늘이 《에세이 논어》의 원고를 마감하는 날이다.

　돌이켜보면 필자도 이제는 대한민국 유학의 최고기관인 성균관대학교 유학대학원을 졸업하여 문학석사가 되었다. 이어서 박사과정을 이수해야 하지만 나이도 많고 노쇠한 병객이므로 박사과정은 접기로 하였고, 그냥 유유자적하며 글이나 쓰고 글씨와 그림을 그리기로 마음먹었다.

　성인聖人의 말씀을 기록한 《논어》에 필자의 말씀을 붙인다는 것이 매우 어렵고 외람되지만, 그래도 유자儒者가 되어서 성인聖人의 글에 하나의 점이라도 찍어야 한다는 생각으로 감히 과감하게 글을 쓴 것이다.

공부자의 학문은 인의仁義의 학문으로, 인仁에서 시작하여 인仁에서 끝난다고 감히 말하거니와, 오늘은 후학을 위해서 쓰는 글이기에, 현대인의 감각에 맞는 필치로 쓰려고 노력했다는 것을 말씀드린다.

그럼 인仁이 무엇인가 하면, 인仁은 씨앗이고 인仁은 봄바람과 같은 것이니, 씨가 있으면 이 세상이 계속 유지되는 것이고 봄바람이 불면 산천山川에는 새 생명이 탄생하고 대지는 꽃이 피는 것이니, 이곳이 곧 낙원이 되는 것이고 이곳이 곧 유토피아가 되는 것이다. 이를 잘 유지하고 수호하는 의무가 우리 유자儒者에게 있으니, 우리는 이를 위해서 노력하고 노력해야 하는 것이다.

본 책에는 《논어》에서 인구에 회자되는 말씀과 우리들이 반드시 알아야 할 유명한 말씀 140여 문文을 골라서 게재하고 에세이를 붙였으며, 이따금 훌륭한 문장을 골라 서예작품을 만들어서 붙이었다.

이제 후학들은 딱딱하여 읽기에 어려운 고문古文이 아닌 비교적 쉽게 풀어쓴 《에세이 논어》를 접하면 읽기도 편하고 공부하기에도 편리해서 성인聖人의 글을 단숨에 읽을 수 있고 또한 배울 수 있을 것이니, 이제 논어를 이해하는 데는 반드시 《에세이 논어》로 공부하게 되리라 믿어 의심치 않는다.

공기孔紀 2566년 을미년(2015) 6월
수락산 아래 순성재循性齋에서
홍산鴻山 전규호全圭鎬는 삼가 기록하였다.

차례

에세이 **논어** 論語

학이편學而篇

1 學而時習之면 不亦說乎아!
학 이 시 습 지   불 역 열 호

〖해설〗 배우고, 그리고 때때로 익히면 또한 기쁘지 아니한가!

〖출전〗 《논어》 학이學而

● 에세이

우선 학學자를 풀어보면, 덮어(宀) 씌워서 몽매한 아이(子)가 두 손(臼)을 들어서 좋은 본을 받아(爻)들이는 것이니, 즉 배우는 것이다. 그리고 습習자는 우羽와 백白의 합자니, 백白은 자自의 약자로, 새의 새끼가 날개(羽)로서 스스로(白) 날기를 익히는 것이다. 열說은 자기의 뜻을 즐겁게(兌) 말(言)하는 것이고, 태兌는 《주역》의 태괘兌卦에서 온 뜻으로, 태兌는 물이 출렁이는 것을 의미하며 이런 현상을 즐겹다고 하는 것이다.

이 말씀은 《논어》 학이장의 제일 첫머리에 나오는 말씀으로, 논어 전체의 대강령이 된다. 사람이 이 세상에 태어나면, 먼저 학문을 배워서 사람으로서 사람다운 행동을 해야 하는데, 이렇게 되려면 새 새끼가 날개를 수시로 쳐서 비로소 하늘을 유유히 날게 되듯이 수시로 공부를 해서 사람다운 사람이 되면, 기쁘지

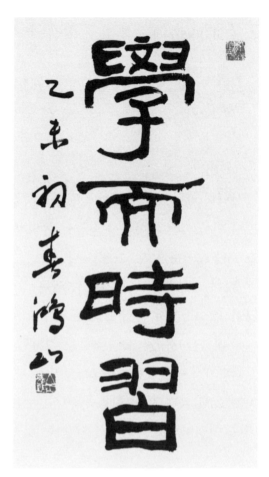

않으냐! 고 반문한 것이다.

공자孔子는 호학好學했다고 하였는데, 자신은 이 세상에서 학문을 배우고 익히는 것을 가장 좋아하였고, 남들도 그렇게 되기를 진심으로 바라는 마음에서 '배우라.' 고 설파한 것이다.

學 : 배울 학　時 : 때 시　習 : 익힐 습　說 : 기쁠 열, 말씀 설

2 有朋이 自遠方來면 不亦樂乎아!
유 붕   자 원 방 래   불 역 낙 호

〖해설〗 벗이 먼 곳으로부터 찾아오면 또한 즐겁지 않은가!
〖출전〗《논어》학이學而

●에세이

사람이 세상에 태어나서 학문을 배우고 익히니, 이 소식을 들은 벗이 먼 곳에서 찾아와서 학문을 논의하고 진리를 탐구하니, 이것도 또한 즐거운 일이라는 것이다.

"학이學而"에서 기쁘다(說)는 말은 강설講說을 들으니 기쁘다는 말이고, 이곳에서 즐겁다(樂)는 말은 서로 천리天理를 논의하고 진리의 대화를 나누니, 음악을 듣는 것처럼 즐겁다는 말씀이다.

낙樂자를 풀어보면, 나무(木)로 만든 무대 위에서 관악기(白)와 현악기(幺)를 타니, 이 소리를 듣는 사람은 마음이 즐거워진다는 글자이다. 이것이 국악이고 풍류風流라는 것이다.

유유상종類類相從이라는 말이 있다. 이는 끼리끼리 만나서 즐긴다는 이야기로, 일례로 술을 좋아하는 사람은 술을 좋아하는 사람을 만나야 즐거운 것이고, 노름하는 사람은 노름꾼을 만나야 즐겁듯이, 학문을 한 선비는 학문하는 사람을 만나서 이야기해야 제일 즐거운 것이다. 그러므로 본문에서 "有朋이 自遠方來면 不亦樂乎아"

라고 한 것이다.

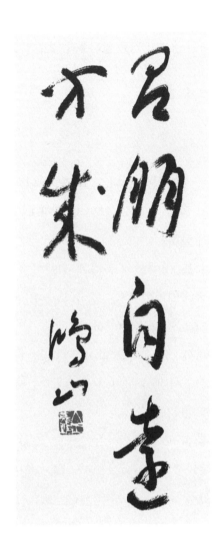

朋:벗 붕 遠:멀 원 方:모 방 來:올 래 樂:즐길 락

3 人不知而不慍이면 不亦君子乎아!
인 부 지 이 불 온   불 역 군 자 호

【해설】 남들은 나의 공부한 것을 알아주지 않으나, 그러나 나는 성내지
않으니, 이도 또한 군자君子가 아닌가!

【출전】 《논어》 학이學而

● 에세이

사람들은 대체로 시기심이 많다. 그러므로 남이 나보다 잘난 것
을 인정하지 않으려 하고, 그리고 남이 나보다 더 많이 공부하는 것
도 인정하지 않으려 한다.

지금으로부터 약 2500년 전에 공자께서 생활할 때에도 지금처럼
남을 시기하고 깎아내리려고 한 모양이다. 분명 박사는 박사로 알
아주고, 석사는 석사로 알아주어야 한다.

그런데 위 본문에서 '남이 나를 알아주지 않으나, 그러나 나는 화
를 내지 않는다. 이런 사람이 군자가 아닌가!' 고 하였으니, 이는 학
문의 깊이를 말씀한 것이다.

사람이 60살이 되면 '이순耳順'이라 하며, 세상을 오랫동안 살면
서 이런저런 일을 많이 겪었으므로, 남이 나를 헐뜯거나 욕을 해도
즉석에서 화내지 않고 '어 그래' 하고 그냥 받아넘긴다고 한다.

오랫동안 많은 공부를 한 사람으로, 남이 알아주지 않지만 화내
지를 않는다는 것이니, 이런 사람을 군자君子라고 하는 것이다. 그

럼 군자는 어떤 사람인가! 우리의 국어사전에
는 '학식이 높고 행실이 어진 사람' 이라고 정
의해 놓았다.

공자는 논어論語의 첫머리에 '군자君子' 를
논함을 3단 논법으로 구사하였으니, 처음에는
'사람이 이 세상에 태어나면 즐겁게 공부해야
한다.' 고 하였고, 다음은 '내가 많은 공부를
하여 아는 것이 많으니, 멀리에 있는 벗이 천
리天理와 인의예지仁義禮智 등 많은 학문을 논
의하러 온다.' 고 하였으며, 세 번째는 '나는
공부를 많이 하여 천지 우주를 움직일 수 있으
나, 그러나 임금은 나를 알아주지 않고 써주지
않지만, 나는 화내지를 않고 나를 알아줄 때까
지 기다린다. 이런 사람이 군자이다.' 고 한 것
이다.

知 : 알 지   慍 : 성낼 온   亦 : 또 역   君 : 임금 군

4 有子曰 君子는 務本이니 本立而道生하나니 孝悌也
　　유자왈 군자　　무본　　　본 립 이 도 생　　　　효 제 야
者는 其爲仁之本歟인저.
자　　기 위 인 지 본 여

〖해설〗 유자有子가 말하였다. "군자君子는 근본에 힘써야 하니, 근본이 확
　　　립되면 인仁의 도道가 발생하는 것이다. 효도와 공손한 것은 그 인
　　　仁을 행하는 근본일 것이다." 고 하였다.

〖출전〗《논어》학이學而

● 에세이

유자有子는 공자의 제자니, 이름은 약若으로 유약有若이라고도
한다.

근본이 무엇이냐 하면 뿌리를 말하는 것이다. 뿌리가 튼튼한 나
무는 태풍이 불어와도 쓰러지지 않는다. 곡식도 뿌리가 튼실해야
열매를 많이 맺는 것이고, 사람도 부모가 튼튼해야 자식을 잘 키울
수가 있는 것이다. 만약 부모가 튼튼하지 못하면 세상을 살아가기
도 바쁜데, 어떻게 여유가 있어서 자식을 잘 키우겠는가!

군자를 만드는 것도 이와 같으니, 근본이 서야 도道가 발생하는
것인데, 그중에서 부모님께 효도하는 것과 형제 간에 우애하는 것
은 인仁을 행하는 근본이 된다는 것이다. 그리고 인仁을 행해야 군
자도 되고 대인도 되고 사람도 되는 것이다.

그러므로 사람을 가르침에는 첫째가 윤리를 가르쳐서 근본을 튼튼하게 하는 것인데, 요즘에는 생산적인 것, 돈을 많이 버는 것을 우선시하기 때문에 근본이 되는 윤리를 등한히 한다. 그러나 윤리를 배우지 않은 사람은 뇌물에 약하기 때문에, 자칫 유혹에 넘어지기가 쉬운 것이다. 조심할 일이다.

사람이 이 세상을 살아가는 근본은 '효孝'이니, 사람의 모든 행실이 효孝를 기초하여 나오는 것이므로, 부모님께 효도하지 못하는 사람은 여타 다른 행실도 좋을 수가 없는 것이다. 왜냐면 나와 가장 가까운 부모님께도 효도하지 못하는 사람이 그 외의 일을 잘할 수 있겠는가! 그러므로 우리나라의 교육은 효도를 근본으로 하는 윤리를 기본으로 가르쳐야 사람다운 인재가 탄생하는 것이다.

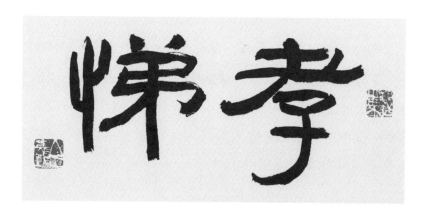

務 : 힘쓸 무   道 : 길 도   孝 : 효도 효   悌 : 공손 제   歟 : 어조사 여

5 巧言令色이 鮮矣仁이니라.
교 언 영 색   선 의 인

【해설】 듣기 좋게 말하고 얼굴빛을 곱게 하는 사람은 어진(仁)이가 적다.
【출전】《논어》학이學而

● 에세이

본문本文의 핵심은 인仁이다. 인仁은 인亻과 이二의 합자니, 두 사람 이상이 사회생활하는데 필요한 진리이다. 그러므로 인仁은 집단생활을 하는 데는 필요불가결의 산소 같은 존재이다.

또한 인仁은 '씨앗'을 뜻하니, '행인杏仁, 마자인麻子仁, 도인桃仁 등이 모두 씨앗의 이름이고, 씨앗이 있어야 다시 싹을 틔워서 생명이 다시 태어나므로 이 세상이 존재하는 것이다. 그러므로 인仁은 천지 사이에 가득한 생명의 씨앗인 것이다.

본문에서 듣기 좋게 말하고 얼굴빛을 곱게 하는 것은 곧 남에게 잘 보이려고 꾸미는 것이니, 인仁에서 적다고 한 것이다. 그러므로 인仁은 가식假飾을 싫어하는 것이다.

인仁은 오행五行으로 봄에 해당하니, 봄빛이 한번 비춰면 북풍한설의 눈과 얼음을 녹이고 만물을 소생시켜서 온 천지가 온통 생명으로 가득하게 하는데, 인仁을 이런 현상으로 이해하면 좋을 듯싶다.

巧 : 공교할 교 令 : 아름다울 령 色 : 빛 색 鮮 : 적을 선 仁 : 어질 인

6 曾子曰 吾日三省吾身하나니 爲人謀而不忠乎아 與
증자왈 오일삼성오신 위인모이불충호 여

朋友交而不信乎아 傳不習乎아.
붕우교이불신호 전불습호

〖해설〗 증자가 말하였다. "나는 날마다 세 가지로 나의 몸을 살피나니, 남을 위하여 일을 도모함에 마음을 다하지 않았는가! 벗과 교제함에 믿음을 주지 않았는가! 전수傳受받은 것을 복습하지 않았는가!" 라고 하였다.

〖출전〗 《논어》 학이學而

● 에세이

이 말씀은 공자의 제자 증자曾子의 말씀이니, 증자의 이름은 삼參이다.

우리들이 잘 아는 '일일삼성一日三省'은 하루에 세 가지의 일을 반성한다는 말씀인데, 첫째는 '남을 위해 일을 도모함에 전력을 다하지 않았는가!' 이고, 두 번째는 '벗과 교제함에 있어서 믿음을 주지 않았는가!' 이며, 세 번째는 '스승으로부터 전수받은 학문을 복습하지 않았는가!' 이다.

증자는 공자의 학문을 이은 사람으로, 유가儒家의 오성五聖에 드는 성인聖人이고 공자가 인정한 효자이다. 그의 아버지는 증점曾點으로, 공자보다는 4살이 적은 사람이다. 그는 초기에 공자 문하에 들어간 사람으로, 당시 노나라에서는 그를 광狂이라 불렀을 만큼 뜻이 대범하고 목소리가 커서 이른바 '하지 못할 일이 없다(無所不爲)'고 한 사람이었다.

증자의 효성을 익히 아는 공자는 증자를 위하여 효경孝經을 지어줄 만큼 그의 효성을 인정하고 아끼었다. 그 효경의 첫머리는 이렇게 시작된다. "우리 몸의 터럭 하나 살갗 한 점도 모두 부모님으로 물려받은 것이므로 함부로 훼손해서는 안 된다.(身體髮膚, 受之父母 不敢毀傷.)"고 하였다.

그는 평소 아버지인 증점을 모시면서 지극한 정성으로 하였으니, 매일 밥상을 올림에 반드시 술과 고기를 곁들였다. 그리고 아버지의 식사가 끝나면 '아버지, 혹 오늘의 음식을 어느 분과 나눠드실 분은 없습니까?' 하고 묻고, 혹 아버지가 '그래. 이 음식이 맛이 있으니, 박○○에게 갖다 주어라.' 하면, 증자는 바로 '예' 하고 대답한 후 아버지의 명을 시행하였다. 그래서 세상 사람들은 증자의 효도를 '아버지의 뜻을 봉양하는 양지養志의 효도'라고 불렀다.

이렇게 부모님을 잘 섬겨서 효자 칭호를 얻은 증자는 매일 세 가지로 반성을 하면서 생활했다는 것이니, 남의 일을 함에는 전력全力을 다하고, 벗과 교제함에는 반드시 믿음을 주었으며, 선생님(공자)

께 전수받은 학문도 매일 복습해서 잊지 않으려 했다는 말씀이니,
오늘의 세상에서도 반드시 본받아야 할 지침指針이 되는 말씀이다.

吾:나 오 省:살필 성 身:몸 신 謀:꾀 모 忠:충성 충 與:더불어 여
朋:벗 붕 友:벗 우 交:사귈 교 信:믿을 신 傳:전할 전 習:익힐 습

7 子曰 弟子入則孝하고 出則弟하며 謹而信하며 汎愛
　　자왈　제자입즉효　　　출즉제　　　근이신　　　범애

衆호되 而親仁이니 行有餘力이어든 則以學文이니라.
중　　　이친인　　　행유여력　　　즉이학문

【해설】 공자께서 말씀하셨다. "제자弟子가 들어가서는 효도하고 나가서
는 공손하며, (행실을) 삼가고 말을 성실하게 하며, 널리 사람들을
사랑하되 인仁한 사람을 친근하게 해야 하니, 행하고(사람의 도리
를 다하고) 여가가 있으면, 곧 이 시간을 이용하여 학문學文을 할
것이니라."고 하였다.

【출전】 《논어》학이學而

● 에세이

집에 있을 때는 부모님께 효도하고 밖에 나가서는 공손하게 행동
하고, 모든 일에 삼가고 믿음을 주며, 널리 많은 사람들을 사랑하되
인仁한 이를 가까이하고, 그리고 남는 시간이 있으면 글을 배워야
한다고 공자는 말씀했다.

여기서 말하는 글은 시詩와 붓글씨와 육예六藝를 말하니, 육예六
藝는 예의禮儀, 음악音樂, 활쏘기, 말타기, 붓글씨, 수학 등을 말하니,
지금으로부터 2500년 전에도 육예六藝를 할 줄 알아야 선비라는 소
리를 들었다.

우리나라 조선에서는 육예六藝를 모두 공부한 선비가 혹 있었지
만 대부분은 경서經書만 공부하고 활 쏘고 말 타는 무예는 배우지

않아서 유약한 선비가 많았고, 그러므로 국방을 소홀히 해서 외적을 막지 못하고 항상 외세外勢에 당하기만 하였다고 해도 과언이 아니다.

오늘날도 국방을 소홀히 하고 외세外勢에 의지하기만 하는데, 이는 잘못된 정치이다. 일제日帝에서 벗어난 지가 벌써 70년이 되었고 세계 10위권의 국력을 가지고 있는데도 아직껏 자주국방을 하지 못하고 전적으로 미국에 의지하려고 하는 것은 잘못되어도 한참 잘못된 것이다. 하루빨리 자주국방의 힘을 길러야 한다.

餘 : 남을 여 則 : 곧 즉 學 : 배울 학

8 子夏曰 賢賢易色하며 事父母호되 能竭其力하며 事
　　 자하왈　현현역색　　　사부모　　　능갈기력　　　사

君호되 能致其身하며 與朋友交호되 言而有信이면 雖
군　　 능치기신　　　 여붕우교　　　 언이유신　　　 수

曰未學이라도 吾必謂之學矣리라.
왈미학　　　　오필위지학의

【해설】 자하子夏가 말하였다. "어진 이를 어질다고 존경하되 여색을 좋아
　　　하는 마음과 바꿔서 하며, 부모를 섬기되 능히 그 힘을 다하며, 임
　　　금을 섬기되 그 몸을 바치며, 벗을 사귀되 말에 성실함이 있으면,
　　　비록 배우지 않은 사람이라도 나는 반드시 배웠다고 말하겠노
　　　라." 고 하였다.

【출전】 《논어》 학이學而

● 에세이

　남자는 누구나 여색을 좋아하는데, 어진 이를 존경하기를 여자 좋아
하는 것처럼 하며, 있는 힘을 다하여 부모님을 섬기고 임금을 섬
기며, 벗과 교제하면서 말씀에 성실함이 있으면 비록 배우지 않은
사람이라도 자하子夏 자신은 배운 사람으로 여길 것이라는 말이다.

　이곳 자하子夏의 말씀도 군자가 세상을 살아가는 기본을 모두 말
한 것이니, 집에 들어가서는 부모님을 있는 힘을 다하여 봉양하고,
취직을 해서는 회사를 위해서 몸을 바치고, 벗을 사귐에 믿음을 줄
수 있는 사람이 되어야 한다는 것이니, 이는 사람이 살아가는 기본
을 모두 말한 것이다.

본문에서 '역색易色'이라는 말씀이 매우 흥미롭다. 남녀 간의 문제는 떼어내려고 해도 뗄 수가 없는 사이로, 남자는 양陽이므로 음陰인 여성을 보면 좋아하게 되어 있고, 반대로 여성은 남성을 좋아하게 되어있는 것이니, 이를 음양의 법칙이라 말하는 것이다. 그런데 자하子夏는 공부를 많이 하고 행실이 좋은 어진 이를 좋아하기를 여자를 좋아하는 것처럼 하라는 것이다.

夏: 여름 하 賢: 어질 현 易: 바꿀 역 色: 빛 색 事: 섬길 사 竭: 다할 갈
致: 이를 치 朋: 벗 붕 信: 믿을 신 雖: 비록 수 學: 배울 학 必: 반드시 필
謂: 이를 위

9 子曰 君子不重則不威니 學則不固며 主忠信하며 無
자 왈 군 자 불 중 즉 불 위 　 학 즉 불 고 　 주 충 신 　 　 무

友不如己者요 過則勿憚改니라.
우 불 여 기 자 　 과 즉 물 탄 개

〖해설〗 공자께서 말씀하셨다. "군자君子가 중후하지 않으면 위엄이 없으
니, (중후하지 않으면서) 배우면 견고하지 못하고 충신忠信을 주장
하며 자기만 못한 자를 벗 삼으려 하지 말고, 허물이 있으면 고치
기를 꺼려하지 말아야 한다."고 하였다.

〖출전〗《논어》학이學而

● 에세이

옛말에 '재사才士는 가볍다.' 라는 말이 있다. 재주가 많으면 머
리가 너무 잘 돌아가므로 자칫 가볍게 보인다는 말일 것이다. 그러
므로 본문에서 군자는 중후重厚해야 한다고 말하였고, 항상 충성과
믿음을 주장하며, 그리고 자기만 못한 자를 벗 삼으려 하지 말라고
했는데, 이 말씀은 매우 중요한 말씀으로, 요즘의 사람들은 무조건
많은 사람을 사귀려는 경향이 있는데, 아무래도 자기만 못한 사람
을 사귀면 체면이 깎이고 가벼워지는 경향이 있기에 중후해야 하는
측면에서는 옳은 말씀이다.

허물이 있으면 반드시 고쳐야 한다는 말씀은 매우 중요한 말씀이
다. 고친다는 것은 한 번 잘못한 것을 고친 뒤에는 두 번 다시 그런

잘못을 저질러서는 안 된다. 고치고 나서 다시 그런 잘못을 저지르면 이는 고친 것이 아니다.

자신의 잘못된 허물을 하나하나 고쳐나가면 나중에는 허물이 없는 사람이 되는 것이니, 이런 사람을 군자라고 하는 것이다. 이런 군자를 사람들은 믿고 따르는 것이다.

요즘의 정치인들처럼 오늘 한 말 다르고 내일 한 말 다르면 사람들은 따르지 않고 오히려 욕설을 퍼붓는 것이니, 조심할 일이다.

重 : 무거울 중 威 : 위엄 위 固 : 굳을 고 忠 : 충성 충 過 : 허물 과
彈 : 꺼릴 탄 改 : 고칠 개

10 子曰 父在에 觀其志요 父沒에 觀其行이니 三年을
　　　자왈　부재　　관기지　　　부몰　　관기행　　　　삼년

無改於父之道라야 可謂孝矣니라.
무 개 어 부 지 도　　　가 위 효 의

〖해설〗 공자께서 말씀하셨다. "아버지가 살아계실 적에는 그(아버지)의
　　　　뜻한 바를 보고, 아버지가 돌아가셨을 때는 그(아버지)의 행동한
　　　　바를 볼지니, 3년을 아버지의 도道를 고치지 않아야 효도한다 이
　　　　를 것이다."고 하였다.

〖출전〗 《논어》 학이學而

●에세이

　어렸을 적에는 아버지는 나의 뿌리이고, 나의 이상형이 된다. 그
리고 나의 몸에는 부모님의 기혈이 흐르고 정신이 내재되어 있으며
선조님들의 음덕이 나의 몸에 흐른다. 그러므로 비록 내가 완성체
로 이 세상에 나왔지만 나를 형성하는 데는 여러 가지 요인이 복잡
하게 연결되어 있다고 봐야 한다.

　또한 지형적인 영향도 많이 받으니, 부모님의 고향과 사는 집과
집 주변의 산수山水도 영향을 미친다고 봐야 한다.

　그러나 사람은 일단 태어나면 나의 의지가 가장 중요하다. 그리
고 성인聖人의 학문을 공부하여 그 말씀을 따라서 사는 것이 더욱
중요한데, 뜻은 있지만 여건이 맞지 않아서 하지 못하는 경우가 더
욱 많다.

하여튼 내가 이 세상에 태어난 것은 부모님의 영향이 가장 크니, 부모님이 살아계실 적에는 그 살아가는 의지를 보고, 돌아가셨을 적에는 살아계셨을 적의 행동을 살피며, 3년간을 아버지의 도道를 고치지 않는 것이 효도하는 자세라고 공자는 말씀하시었다.

부자父子의 관계가 이렇게 중요하니, 부모가 된 자 역시 말과 행동을 조심해서 자식들이 믿고 따를 수 있게 하여야 한다. 만약 아버지가 이 세상을 실망스럽게 산다면, 이를 보고 자라는 아들이 어찌 따르겠는가! 공자님의 말씀은 존경받는 아버지와 건실한 아들이 되라는 뜻에서 이를 말씀한 것이 아닌가 생각한다.

觀 : 볼 관 志 : 뜻 지 沒 : 죽을 몰 改 : 고칠 개 謂 : 이를 위 孝 : 효도 효

11 子曰 君子食無求飽하며 居無求安하며 敏於事而
자왈 군자식무구포 거무구안 민어사이

慎於言이요 就有道而正焉이면 可謂好學也已니라.
신어언 취유도이정언 가위호학야이

〖해설〗 공자께서 말씀하셨다. "군자는 음식을 먹을 적에 배부름을 구하
지 않으며, 거처할 적에는 편안함을 구하지 않으며, 일은 민첩하
게 하고, 그리고 말을 삼갈 것이요, 도道가 있는 이를 찾아가서 질
정質正한다면 배움을 좋아한다 이를 것이다."고 하였다.

〖출전〗《논어》학이學而

● 에세이

사람의 몸을 형성하는 것에는 육체와 정신이 있는데, 보통의 사
람들은 육체를 존중하여 육체적으로 세상을 살지만, 좀 더 높은 이
상을 가지고 사는 사람들은 정신을 더욱 중요시한다.

성인이나 현자들의 삶은 정신적으로 세상을 살았으니, 이런 사람
들은 돼지처럼 배부름을 구하지 않고 거처하는 집도 편안함을 구하
지 않으며, 오히려 일은 민첩하게 하고 말은 삼가며, 현자賢者를 찾
아가서 사람이 살아가는 방법을 묻는다면, 이런 사람을 호학好學하
는 사람이라 말한다고 부자(夫子: 공자)께서 말씀하신 것이다.

역사적으로 훌륭하다고 하는 사람은 모두 육체적 삶을 산 사람이
아니고 정신적으로 살아간 사람들이니, 고려 말의 정몽주 선생, 최

영 장군, 이퇴계 선생, 이율곡 선생, 이순신 장군, 조헌 선생 같은 사람들이 모두 정신을 우선시하여 세상을 산 사람들이다. 어찌 이들뿐이겠는가! 조선의 역사에는 훌륭하게 세상을 살다간 사람들이 부지기수로 많다.

요즘같이 매스컴을 통하여 육체를 자랑하는 스타 같은 사람들은 모두 육체를 앞세운 사람들이니, 일시적으로 돈을 많이 벌 수는 있다 하더라도 영원히 이름을 남기지는 못하는 것이다. 그러므로 허벅지를 드러내고 육체를 자랑하는 여인들은 모두 육체를 중요시하는 사람으로, 정신을 숭상하는 사람보다 한 수 아래의 인생으로 보면 된다.

요즘은 말세의 말세(末之末)이므로, 정신의 세계가 빈약하여 마치 짐승처럼 사는 세상이 되었으니, 그러므로 짐승처럼 육체만 탐하는 세상이 되었다.

12 子貢曰 貧而無諂하며 富而無驕 何如하니잇고 子曰
　　자공왈 빈이무첨　　부이무교 하여　　　　자왈

可也나 未若貧而樂하며 富而好禮者也니라.
가 야　미 약 빈 이 락　부 이 호 례 자 야

〖해설〗 자공子貢이 "가난해도 아첨하지 않고, 부富하면서도 교만하지 않
　　　　는 것은 어떻습니까!" 하고 물으니, 공자께서 말씀하셨다. "그것도
　　　　좋으나, 가난해도 즐거워하며 부자가 되어서도 예禮를 좋아함만
　　　　은 못하니라."고 하였다.

〖출전〗《논어》학이學而

● 에세이

　'가난해도 아첨하지 않고, 부富하면서도 교만하지 않는다.' 는 것
은 참으로 어려운 일이다. 이는 군자(君子, 즉 大人) 정도의 사람이나
가능한 일이다. 특히 요즘 세상은 더욱 어려운 일이니, 높은 자리에
있는 사장이나 고관高官이 정직하고 덕이 많은 사람을 알아봐야 하
는데, 이를 모르고 그저 아첨만 떠는 사람만 좋아하니, 정직하고 일
을 잘하는 사람은 항상 손해만 본다.

　그런데 고관은 아첨만 잘하는 자를 좋아하여 지위를 높여주고 결
국에는 이런 자들이 높은 자리에 올라가게 되는데, 이런 회사는 결
국 위험한 상황에 처하게 되는 것이다. 왜냐면 이런 자들은 아첨만
잘하지 일을 잘하지 못해서 위급한 상황에 처하면 잘 대처하지를

못하니 회사는 기울고 마는 것이다. 국가도 매한가지이다. 그러므로 국가지도자의 몫이 큰 것이다.

세종대왕이 노비출신인 장영실을 우대하여 자격루를 만드는 등 많은 공적을 이루었는데, 이는 세종 같은 성군聖君이었기 때문에 가능한 일이었다. 그러므로 국가의 지도자는 앞날을 볼 줄 알아야 하고 사람을 알아볼 줄 알아야 한다. 아첨하는 자나 들어 쓴다면 국가는 망하고 마는 것이다.

貧：가난 빈 諂：아첨할 첨 富：부자 부 驕：교만할 교 若：같을 약
樂：즐거울 락 好：좋아할 호 禮：예도 례

13 子曰 不患人之不知己요 患不知人也니라.
자 왈 불 환 인 지 부 지 기   환 부 지 인 야

〖해설〗 공자께서 말씀하셨다. "남이 자신을 알아주지 않음을 걱정하지
　　　 말고, 내가 남을 알지 못함을 걱정해야 한다."고 하였다.

〖출전〗《논어》학이學而

● 에세이

　군자君子는 자신에게서 모든 것을 찾는다. 그러므로 남이 나를 알
아주지 않음을 걱정하지 말고, 내가 남을 알지 못하면 그의 옳고 그
름과 간사하고 정직함을 혹 분별할 수가 없다. 그러므로 내가 남을
알지 못함을 걱정하는 것이다.

　《인봉선생유고仁峰先生遺稿》에 보면, 때는 조선 선조조인데, 당시
명망이 있던 정여립鄭汝立이 전승업全承業[1] 선생을 만나자고 청하여
한 번 만났는데, 그의 상相像이 좋지 않아서 다시는 만나지 않았다고
한다. 그런데 나중에 정여립의 모반사건(기축옥사)이 터져서 이발

---

1 전승업全承業 : 사재감첨정司宰監僉正. 중봉重峯의 문인. 자는 효선孝先, 호는 인봉仁峰.
　참판 팽령彭齡의 손자. 항의신편에 의하면, 중봉과 함께 가장 먼저 창의倡義하고 중봉
　의 밑에서 군수물자를 담당하는 막료로 활약하였고, 중봉이 쓴 상소문을 가지고 의주
　로 가던 도중 당진에서 중봉이 이끄는 7백 명의 군사가 전멸하였다는 소식을 접하고
　상소문은 부관 곽현에게 맡기고 금산으로 돌아와 벗 박정량과 같이 중봉의 시신을 수
　습하여 장례를 치르고, 나머지 7백 의사는 시신을 한 곳에 묻었음. 뒤에 사헌부장령司
　憲府掌令에 추증되었다.《인봉집仁峰集》이 있고, 후율서원後栗書院에 배향됨.

등 1,000여 명이 사약을 받는 등 많은 피해를 보았다.

　만약 이때에 인봉仁峰 전승업全承業 선생이 계속하여 정여립과 친분을 쌓았다면 기축옥사에 반드시 피해를 보았을 것이다. 그러나 인봉은 이를 미리 간파하고 정여립과 관계를 끊으므로 말미암아 옥사에 연루되지 않았다. 이와 같이 내가 남을 알지 못함을 걱정해야 하는 것이다.

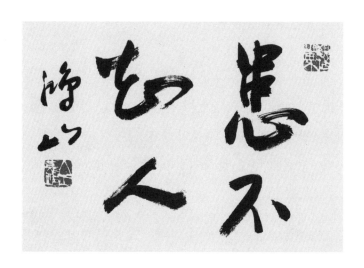

患 : 근심 환　知 : 알 지

위정편爲政篇

14 子曰 詩三百을 一言以蔽之하니 曰思無邪니라.
자 왈 시 삼 백　　일 언 이 폐 지　　　왈 사 무 사

〖해설〗 공자께서 말씀하셨다. "《시경詩經》의 시詩 삼백 편의 뜻을 한마디
　　　　말로 단정할 수 있으니, 생각에 간사함이 없는 것이다."라고 하였
　　　　다.

〖출전〗 《논어》 위정爲政

●에세이

　《시경詩經》은 옛적에 각 지방의 민요를 모집한 책인데, 공자께서
이를 정리하면서 산삭刪削하여 총 305편을 남겼으니, 남아있는 시
삼백 편이 모두 내용에 간사함이 없다는 것이다. 즉 인위적이거나
아첨함, 그리고 간사함이 없는 내용만 골라서 남긴 시편이 약 300여
편이라는 것이다.

《논어》에 "하루는 공자가 홀로 서 있을 적에 이(鯉 : 공자의 아들)가 뜰 앞을 지나갔더니, 공자께서

　'시詩를 배웠느냐?'

하고 물으니, 대답하기를,

　'배우지 못하였습니다.'

고 하니,

　'시를 배우지 않으면 남과 더불어 말할 수가 없느니라.'

고 하므로, 이鯉가 물러나와 시詩를 배웠다.

　후일에 또 공자가 홀로 서 있을 적에 이鯉가 뜰 앞을 지나갔더니,

　'예禮를 배웠느냐?'

고 하므로, 대답하기를,

　'배우지 못하였습니다.'

고 하니,

　'예를 배우지 않으면 세상에 나설 수가 없느니라.'

고하여, 이鯉가 물러나와 예를 배웠다."

고 하였다.

　《시경詩經》의 요지는 사람의 감성을 풍부하게 하여 감성이 많은 인간으로 만드는 것이고, 그리고 사무사思無邪는 생각에 간사하거나 음흉함이 없다는 것이다.

　요즘은 '보이스피싱' 이라 하여 전화로 상대를 속여서 남의 은행

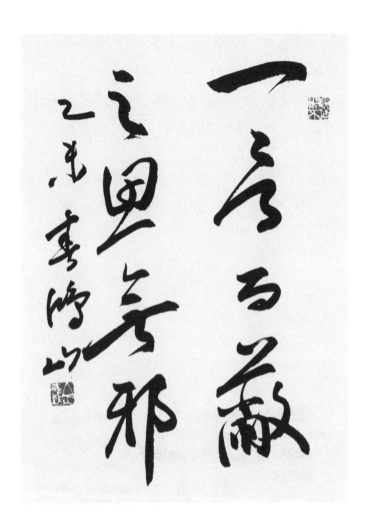

계좌에 들어있는 돈을 갈취하는 사람들이 많은데, 이런 사람들은 모두 음흉하여 마음속에 구렁이가 10마리는 들어있는 사람으로, 인간이 아니고 구렁이라 해야 한다.

사무사思無邪는, 즉 이런 음흉하고 간사한 마음을 경계한 것이다. 이런 사람은 결코 대인大人이 될 수가 없으니, 이 세상에 태어나서 사람다운 삶을 살지 못하고 온갖 못된 짓만 하다가 돌아가는 쓰레기 같은 사람들이니, 불쌍하지 않은가!

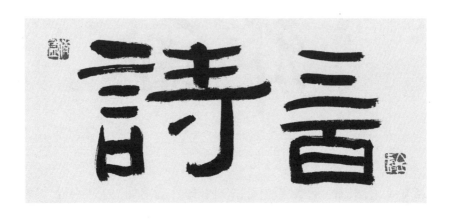

　詩 : 글 시　蔽 : 가릴 폐　思 : 생각 사　邪 : 간사할 사

15 子曰 吾十有五而志于學하고 三十而立하고 四十
자왈 오십유오이지우학　　삼십이립　　　사십

而不惑하고 五十而知天命하고 六十而耳順하고 七
이불혹　　　오십이지천명　　　육십이이순　　　칠

十而從心所欲不踰矩호라.
십이종심소욕불유구

【해설】 공자께서 말씀하셨다. "나는 열다섯 살에 학문에 뜻을 두었고, 서
른 살에 자립自立하였으며, 마흔 살에 의혹하지 않았고, 쉰 살에
천명天命을 알았으며, 예순 살에 귀로 들으면 그대로 이해되었고,
일흔 살에 마음에 하고자 하는 것을 따라서 해도 법도를 넘지 않
았다." 고 하였다.

【출전】 《논어》 위정爲政

● 에세이

이는 공자께서 평생 활동하면서 깨달은 것을 10년을 주기로 끊어
서 말씀하신 것으로, 공자는 73세에 서거逝去하였는데, 성인聖人으
로 태어나서 평생을 이 세상에서 몸소 실천하면서 사람들이 살아야
할 바를 삶으로 보여준 대 철인이었다. 그러므로 후세 사람들이 이
말씀을 따라서 '지우학志于學' 이라 하면 열다섯 살임을 알고, '불혹
不惑' 하면 마흔 살임을 알며, '이순耳順' 하면 예순 살임을 안다. 이
에 지우학志于學부터 나누어서 설명을 붙이려고 한다.

○ 십유오이지우학十有五而志于學

　열 하고 또 다섯에 학문에 뜻을 두었다는 말씀으로, 이곳에서의 학문은 대학大學을 말한다. 대학의 학문은 격물치지格物致知의 학문을 말하는 것이니, 천지우주의 돌아가는 모습을 보고 깨달아 안다는 것으로, 즉 천리天理를 하나하나 깨달아가는 것이니, 이러한 과정은 생각할 때마다 싫증이 나지 않는다는 것이다.

　‘十有五而志于學’ 에서 유有자는 또라고 해석하니, 15세나 16세 등을 말할 때에는 상투적으로 유有자를 쓴다.

○ 삽십이립三十而立

　서른 살이 되면 자립自立함이 확고하여 이런저런 말에 마음이 흔들리지 않음을 말하니, 마음이 부귀빈천과 위무威武에 비굴하게 흔들리지 않음을 자립했다고 말하는 것이다.

○ 사십이불혹四十而不惑

　맹자는 ‘오사십부동심(吾四十不動心 : 나는 마흔 살이 되었다. 이제는 마음을 움직이지 않는다.)’고 하였으니, 공자님의 ‘사십이불혹四十而不惑’ 을 인용하여 말씀한 것이다. 열다섯에 대학大學에 뜻을 두었고 서른에 자립하게 되었으니, 마흔이 되어서는 천지자연의 이치와 사물이 생성하는 이치를 알았으므로, 이 외에 다른 학설에 의혹 되지 않는다는 말씀이다. 그러므로 마흔 살을 불혹不惑이라 한다.

○ 오십이지천명五十而知天命

천도天道가 천지에 유행流行하여 사물에 부여되는 것을 천명天命이라 하니, 사물에 당연한바(道理)로, 그렇게 되는 것이다. 이를 안다면 그 정치精緻함이 지극하게 되므로, 의혹 되지 않음을 굳이 말할 필요가 없는 것이다. 그러므로 쉰의 나이를 '지천명知天命'의 나이라고 한다.

필자는 지천명知天命에 책을 출간하기 시작하여 지금(만 67세)은 40권이 넘는 서적을 출간하였다. 처음에 책을 쓰고 출판기념회를 하면서 '나에게 주어진 천명은 책을 쓰는 것이다.'고 말했는데, 벌써 40권이 넘는 책을 출간했으니, 열심히 세상을 살았다고 할 수가 있을 것이다.

○ 육십이이순六十而耳順

예순 살에 귀로 들으면 곧 그대로 이해된다는 말씀으로, 소리가 귀에 들어오면, 곧 마음에 깨달음이 와서 어긋나거나 걸림이 없는 것이니, 앎이 지극하여 생각하지 않아도 깨달아지는 것이다.

옛적에 정승 황희의 노비 둘이 서로 다투다가 황희 정승에게 달려와서 서로 자기가 잘했다고 말하니, 황희 정승이 하는 말씀, '네 말도 옳고 또 네 말도 옳다.'고 한 유명한 일화가 있는데, 이는 이순耳順이 되어서 누가 무슨 말을 해도 귀에 거슬리지 않는 것이다. 그러므로 예순 살을 이순耳順의 나이라고 한다.

○ 칠십이종심소욕불유구七十而從心所欲不踰矩

일흔 살이 되면 마음에 하고자 하는 바를 따라서 해도 법도에 어긋나지 않는다는 것이니, 이 나이가 되면 내가 곧 천天이고 천天이 곧 나이기에, 내가 무슨 일을 해도 천리天理에 척척 들어맞는 것이다.

'혹 내가 하늘보다 먼저 일을 하면 하늘이 나를 따른다.'는 말이 있으니, 이는 '종심소욕불유구從心所欲不踰矩'를 두고 하는 말이다. 그러므로 이는 나는 하늘을 따르고 하늘은 나를 따르는 경지이니, 도道가 지극한 경지이다.

吾:나 오 志:뜻 지 學:배울 학 惑:의혹할 혹 命:목숨 명 順:순할 순
從:따를 종 所:바 소 欲:하고자 할 욕 踰:넘을 유 矩:법 구

16 子曰 溫故而知新이면 可以爲師矣니라.
자 왈 온 고 이 지 신　　가 이 위 사 의

〖해설〗 공자께서 말씀하셨다. "옛것을 잊지 않고 새로운 것을 알면 스승
　　　　이 될 수 있다." 고 하였다.

〖출전〗《논어》위정爲政

●에세이

　예전에 들은 것을 찾아서 궁구하여 풀어내고 새로 터득한 것이 나
에게 있으면 그 응용이 무궁무진해서 스승이 될 수가 있는 것이다.

　학문의 방법은 먼저 지난 역사를 공부해야 하니, 옛말에 '역사는
되풀이된다.' 고 했다. 그러므로 지난 역사를 알면 앞의 일을 알 수
가 있는 것이다. 그러므로 남보다 먼저 깨닫는 안목이 생기는 것이
니, 옛것은 진부하다 해서 소홀히 하면 자칫 학문을 망치고 마는 것
이다.

　예술 같은 장르도 옛것을 알아야만 새로운 것을 창작하는 것이
다. 고암 이응로 화백이 프랑스 파리에 살면서 세계의 거장이 된 것
은 그가 어려서 서예를 배웠기에 가능했다고 본다. 왜냐면 서양의
화가는 동양의 서예를 알지 못하므로 이응로 화백의 필치를 따라올
수가 없었다.

　그러므로 한국 사람은 한국적이어야 세계의 거장이 되는 것이다. 우리만이 가지고 있는 것은 국악, 판소리, 한글서예, 한국화, 그리고 된장, 간장 등 음식을 발효시켜서 먹는 것 등은 우리만이 가지고 있는 독특한 문화이므로, 이것을 가지고 세계에 나가면 남들이 따라올 수가 없으므로 세계의 일인자가 되는 것이다.

　溫 : 따뜻할 온　故 : 옛 고　新 : 새 신　師 : 스승 사

17 子曰 君子는 不器니라.
자 왈 군 자   불 기

〖해설〗공자께서 말씀하셨다. "군자君子는 그릇처럼 국한되지 않는다."
　　　고 하였다.

〖출전〗《논어》위정爲政

●에세이

　그릇(器)은 각각 그 용도에만 적합하여 다른 곳에는 쓸 수가 없는
것이다. 덕德을 이룬 선비는 체體가 갖추어지지 않음이 없으므로 두
루두루 쓰이지 않음이 없는 것이니, 단지 한 재주, 한 기예技藝일 뿐
이 아니다.

　고려 말엽 '두문동 칠십이현杜門洞七十二賢'의 이야기이다. 조선
의 이태조가 역성혁명으로 조선을 세우니, 고려의 유신遺臣들은
'군자君子는 두 임금을 섬기지 않는다.(君子不事二君)'는 대의大義의
말씀에 따라서 72인의 현자賢者가 두문동에 들어가니, 조선을 세운
이태조는 인재가 부족하여 나라를 다스릴 수가 없었다.
　이에 이태조는 두문동에 들어간 72명의 현자들에게 조선의 조정
에 나와서 같이 일을 하자고 설득하였다. 그래서 72명의 현자가 생
각하기를, '이태조의 역성혁명은 밉지만 고생하는 조선의 백성들이
불쌍하다.'고 하고 회의를 열고 황희 한 사람을 두문동에서 조선의

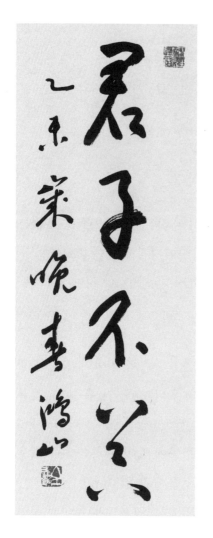

조정으로 내보내기로 결정을 하였다고 한다.

왜 하필 황희 한 사람이냐 하면, 황희는 인물이 출중하여 '불기不器하므로,' 황희 한 사람만 나가도 72현의 목을 다 하리라 믿었으며, 이에 황희는 호號를 방촌(尨村, 삽살개)이라 바꾸고 조선의 정부에 나와서 백성을 위해서 혼신을 다해 일을 했으므로 조선 최고의 정승이 될 수 있었으니, 이런 사람을 '군자불기君子不器'라 하는 것이다.

방촌尨村은 삽살개라는 말이니, 개는 이 주인도 섬기도 저 주인도 섬기는 동물이므로, 황희 자신은 고려의 왕씨도 섬기고 조선의 이씨도 섬기는 삽살개와 같은 지조 없는 사람이라는 뜻으로, 호를 방촌尨村이라 한 것이었다.

君 : 임금 군   器 : 그릇 기

18 子曰 君子는 周而不比하고 小人은 比而不周니라.
자 왈 군 자 주 이 이 불 비   소 인   비 이 불 주

【해설】 공자께서 말씀하셨다. "군자君子는 두루 사랑하고 편당을 짓지 않
         으며, 소인小人은 편당을 짓고 두루 사랑하지 않는다." 고 하였다.

【출전】《논어》위정爲政

● 에세이

　본문의 주周자는 두루 사랑하는 것이고, 비比자는 자기네끼리 편
당을 짓는다는 글자이다. 군자와 소인은 상대적인 말로, 군자는 양
陽에 해당하고 공公에 해당하며, 소인은 음陰에 해당하고 사私에 해
당하는 사람을 말한다.

　오늘날의 정치인을 보면 모두 편당을 지어서 서로 자기가 속한
정당政黨에 유리하도록 행동하고, 국민의 편에 서서 국민의 이익을
위해서 행동하는 사람은 지극히 적다고 생각한다.
　정치인 모두 국민이 뽑은 선량選良이지만 국회에 들어가면 뽑아
준 국민은 안중에 없고 오직 자기가 속한 정당의 이익과 자기의 이
익만을 위해서 조삼모사朝三暮四의 발언만을 쏟아내는 정치인이 많
다.

　이런 정치인을 모두 소인小人이라고 말하는 것이니, 소인은 언제

나 사적私的으로 행동하고, 자기 당의 이익을 위해서, 자기의 이익을 위해서 일을 하므로 언제나 국민의 지탄을 받는 것이다.

그런데 이런 정치인이 하는 말, '우리는 언제나 국가와 국민을 위해서 일을 한다.' 고 말한다. 시꺼먼 까마귀가 웃을 일이 아닌가!

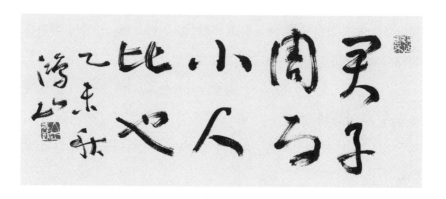

周:두루 주 比:견줄 비

19 子曰 學而不思則罔하고 思而不學則殆니라.
자 왈 학 이 불 사 즉 망   사 이 불 학 즉 태

〔해설〕 공자께서 말씀하셨다. "배우기만 하고 생각하지 않으면 얻음이
없고, 생각하기만 하고 배우지 않으면 위태롭다."고 하였다.

〔출전〕《논어》위정爲政

●에세이

　생각하지 않음은 마음으로 구하지 않으므로 얻음이 없고, 그 일
을 익히지 않으므로 위태로워서 편안하지 않은 것이다.

　《중용中庸》20장章에 보면, "박학博學, 심문審問, 신사愼思, 명변明
辯, 독행篤行이 나오니, 이 다섯 가지 중에 하나만 폐하여도 학문學
問이 아니다."라고 하였으니, 앞의 네 가지는 지공부知工夫이고, 맨
끝의 독행篤行은 행공부行工夫이다.

　배우는 자는 경서經書를 공부하면서 많은 생각을 해야 얻는 것이
많고, 반대로 생각만 하고 경서를 공부하지 않으면 위태롭다는 것
이다. 불가에서 면벽面壁이라는 공부가 있으니, 이는 수많은 날을
벽을 향하여 앉아서 생각만 하는 공부이니, 이런 공부는 위태롭다
는 말씀이다.

　조선조 중엽에 송도에 유명한 스님 '지족선사' 가 있었는데, 하루

는 송도 명기 황진이가 장난기가 발동하여 그 유명한 유학자 서화담 선생과 지족선사의 학문과 의지를 꺾어보려고 하였으니, 어느 날 조선 제일의 명기 황진이가 관능적인 몸매를 뽐내며 서화담 선생을 찾았지만 선생은 황진이의 아름다운 몸매를 마치 헌신짝 보듯이 하여 물리쳤다. 그러나 10년을 면벽面壁으로 수도한 지족선사는 하룻저녁에 황진이의 요염한 관능미에 무너지고 말았다는 유명한 이야기가 전한다. 이는 '배우고 생각을 많이 해야 한다.' 는 공자의 말씀에 시사하는 바가 있다.

學 : 배울 학 思 : 생각 사 罔 : 없을 망 殆 : 위태할 태

20 子曰 攻乎異端이면 斯害也已니라.
자 왈 공 호 이 단 사 해 야 이

【해설】 공자께서 말씀하시었다. "이단異端을 전공專攻하면 해로울 뿐이다."고 하였다.

【출전】《논어》위정爲政

● 에세이

이단異端은 성인聖人의 도道가 아니고 별도로 일단一端이 된 것이니, 양주楊朱와 묵적墨翟 같은 이가 이단이다. 이들은 천하의 사람들에게 무부無父, 무군無君의 지경에 이르게 하였으니, 이를 전적으로 연구하여 정밀하게 하고자 하면 해됨이 심하다.

정자程子의 말씀에, "불가佛家의 말은 양주楊朱와 묵적墨翟에 비하면 더욱 이치에 가까우니, 이 때문에 해로움이 더욱 심하다. 배우는 자는 마땅히 음탕한 음악과 아름다운 여색女色처럼 멀리해야 할 것이다. 그렇지 않으면 차츰 그 속으로 빠져들 것이다."고 하였다.

공자는 언행이 둥글어서 이단과 부딪치지 않지만, 맹자는 이단을 사정없이 쳤으니, 이러므로 맹자의 언행은 모가 났다고 한다. 언행에 모각이 있으니 그 각이 언제나 이단과 부딪치는 것이다.

어떤 사람은 맹자의 모난 언행을 시대의 상황으로 돌린다. 공자

는 춘추시대의 사람이고, 맹자는 전국시대戰國時代에 활동한 사람
이므로 이단을 더욱 돌격적으로 공격하였다고 한다.

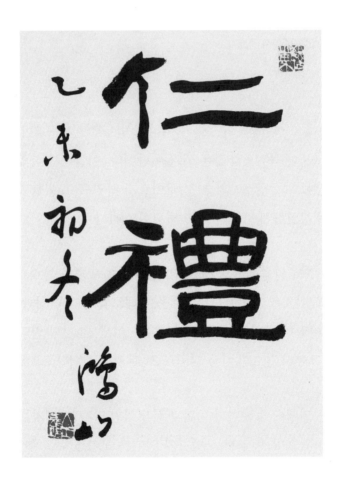

攻：칠 공　異：다를 이　端：끝 단　斯：이 사　害：해로울 해

21 子曰由아 誨女知之乎인저 知之爲知之요 不知爲
　　　자 왈 유　　회 여 지 지 호　　　　지 지 위 지 지　　　　부 지 위

不知 是知之也니라.
부 지　시 지 지 야

【해설】 공자께서 말씀하셨다. "유由야! 너에게 아는 것을 가르쳐주겠다.
　　　　아는 것을 안다고 하고 모르는 것을 모른다고 하는 것이, 이것이
　　　　아는 것이다."고 하였다.

【출전】 《논어》 위정爲政

● 에세이

유由는 공자의 제자 자로子路의 이름이니, 성姓은 중仲이다. 자로
는 용맹을 좋아하였으니, 아마도 알지 못하는 것을 억지로 우겨서
안다고 하는 일이 많았을 것이다. 그러므로 부자夫子[2]께서 그에게
말씀하기를,

"너에게 아는 것을 가르쳐주겠다. 아는 것을 안다고 하고 모르는
것을 모른다고 하라."

고 하신 것이다. 이와 같이 하면, 비록 혹 다 알지 못하더라도 스스
로 속이는 폐단이 없을 것이고, 또한 그 앎에 해로움이 없다. 하물며
이로 말미암아 구한다면 또 알 수 있는 이치가 있음이랴!

■
　2 부자夫子 : 선생님의 존칭이니, 이곳의 부자는 공자이다.

옛적에 필자가 서숙書塾에 다닐 때에 이곳을 배우는데, 선생님께서 말씀하기를, '이곳을 읽으면 꼭 제비가 지지배배 하고 울어대는 소리와 같다.'고 하였으니, 한 번 읽어보자. '지지위지지 부지위부지 시지지야' 영락없이 제비가 지지대는 것 같은 소리를 내지 않는가!

그러나 지금은 제비를 볼 수가 없으니, 참으로 안타까운 일이다. 필자가 어려서는 그렇게 많던 제비가 다 어디로 갔는가!

논밭에 농약을 쓰기 시작하면서 그 농약이 곤충을 다 죽이므로 제비가 먹을 곤충이 없기 때문에 오지 않는 것이다.

오늘날에도 잘 알지도 못하면서 억지로 우겨대며 안다고 하는 사람이 많다. 선지식을 가지고 안다고 우겨대다가는 자칫 '알지도 못하는 주제에' 하면서 손가락질을 당하는 경우가 많다. 그러므로 아는 것을 안다고 하고 모르는 것을 모른다고 해야 한다. 이것이 진정 아는 자의 모습이다.

由 : 말미암을 유 誨 : 가르칠 회 知 : 알 지 是 : 이 시

22 哀公이 問曰 何爲則民服이니잇고 孔子對曰 擧直
　　애공　문왈　하위즉민복　　　공자대왈　거직

錯諸枉則民服하고 擧枉錯諸直則民不服이니이다.
조제왕즉민복　　거왕조제직즉민불복

〖해설〗 애공哀公이 "어떻게 하면 백성이 복종합니까!" 하고 묻자, 공자께
　　　　서 대답하였다. "정직한 사람을 들어 쓰고 모든 굽은 사람을 버려
　　　　두면 백성들이 복종하며, 굽은 사람을 들어 쓰고 모든 정직한 사
　　　　람을 버려두면 백선들이 복종하지 않습니다."고 하였다.

〖출전〗 《논어》 위정爲政

● 에세이

애공哀公은 노魯나라 임금이니, 이름은 장蔣이다.

옛날의 인군이나 지금의 대통령이나 모두 인사人事를 잘해야 한
다. 정직한 사람은 들어서 쓰고 굽은 사람은 마땅히 버려두어야 하
니, 이것이 보편적인 인사의 규범이다.

요즘의 정치인들은 행동은 이상하게 하면서도 항상 말할 때는
'국민이 원해서' 라고 하는데, 이런 교언巧言에 국민들은 속지 않는
다.

종합변호사 사무실에서 1년에 연봉을 17억을 받았다고 하거나,
전관예우를 받은 사람을 고위직으로 쓰면 안 된다. 왜냐면 전관예
우를 받은 자는 그 법원에서 하는 재판을 좌지우지 왜곡하여 올바

르지 못한 사람을 이기도록 만드는 것이다. 그렇기에 그 많은 돈을 주고받는 것이 아닌가!

그리고 청문회에 나가서는 '전관예우로 받은 돈은 좋은 곳에 기부하였다.'고 했는데, 어느 곳에 희사한 명단은 공개하지 못하겠다고 하니, 이는 또 무슨 변명인가!

이렇게 명확하지 못한 자가 높은 고위직에 앉으면 국가적으로 득이 되지 않는다. 이렇게 굽은 자를 공자께서는 버려두라고 말씀하였다.

哀 : 슬플 애 問 : 물을 문 服 : 복종할 복 對 : 대할 대 擧 : 들 거
錯 : 버려둘 조 枉 : 굽을 왕

팔일편八佾篇

23 林放임방이 問禮之本문예지본한대 子曰자왈 大哉대재라 問문이여 禮與其예여기

奢也사야른 寧儉영검이요 喪與其易也상여기이야른 寧戚영척이니라.

【해설】 임방이 예禮의 근본을 묻자, 공자께서 말씀하셨다. "훌륭하다 질
문이여! 예禮는 사치하기보다는 차라리 검소해야 하고, 상례喪禮
는 형식적으로 잘 다스려지기보다는 차라리 슬퍼해야 한다."고
하였다.

【출전】 《논어》 팔일八佾

●에세이

　요즘은 형식적인 예절이 참으로 많다. 특히 결혼식은 너무 형식
적으로 흘러서, 어떤 사람은 돈 자랑을 하는 자리가 된 경우도 있어

서 참으로 안타깝다.

음식을 제공하는 것도 그 예식장에서 만든 음식을 비싸게 사 먹어야 하는데, 비싼 가격에 비하여 맛이 없고 정갈하지 않은 음식이 너무 많다.

상례喪禮도 매한가지여서 그저 부조금을 내고 받는 예절로 변한 것 같은 느낌이다. 이를 공자께서는 차라리 형식을 잘 갖추어서 예절을 차리는 것보다는 슬퍼하는 것이 낫다고 한 것이다.

제사를 지내는 예절도 엄숙하게 신神을 대하기보다는 그저 한 번 치러야 하는 예절 정도로 변질했다고 보면 된다.

신神을 대하는 데는 더욱 엄숙하고 조심하는 마음을 가져야 한다. 왜냐하면 인도人道와 신도神道는 다르므로 엄숙한 예절을 갖추어서 대해야 하는 것이다.

放 : 내칠 방 禮 : 예도 례 哉 : 어조사 재 奢 : 사치 사 寧 : 차라리 영
儉 : 검소할 검 喪 : 초상 상 易 : 다스릴 이 戚 : 슬플 척

24 子夏問曰 巧笑倩兮며 美目盼兮여 素以爲絢兮라
자 하 문 왈　교 소 천 혜　　미 목 반 혜　　소 이 위 현 혜

하니 何謂也잇고 子曰 繪事後素니라.
　　하 위 야　　　　자 왈　회 사 후 소

〖해설〗 자하子夏가 물었다. " '예쁜 웃음에 보조개가 예쁘며, 아름다운 눈
　　에 눈동자가 선명함이여! 흰 비단에 채색을 한다.' 하였으니, 무엇
　　을 말한 것입니까!" 하니, 공자께서 말씀하셨다. "그림 그리는 일
　　은 흰 비단을 마련하는 것보다 뒤에 하는 것이다." 고 하였다.

〖출전〗 《논어》 팔일八佾

● 에세이

　자하가 물은 '교소천혜巧笑倩兮'의 시는, 일시逸詩로 시경에는 기
록되지 않은 시이다. 본문에서 '예쁜 웃음에 보조개가 예쁘며, 아름
다운 눈에 눈동자가 선명함이여! 흰 비단에 채색을 한다.' 하였는
데, 여기에 보조설명을 한다면, 아름다운 얼굴과 예쁜 눈을 가진 미
녀에게 흰 비단에 채색을 하여 옷을 해 입힌다는 것이니, 한층 아름
다움이 더함을 말한 것이다.

　'회사후소繪事後素'는 바탕이 흰 비단을 미리 마련한 뒤에 그 위
에 채색을 한다는 뜻으로, 사람은 충신忠信을 바탕에 가진 사람이어
야 예禮를 차릴 수 있는 것이니, 이는 그림을 그리는 일과 일맥상통
함을 시구詩句를 들어서 말한 것이다.

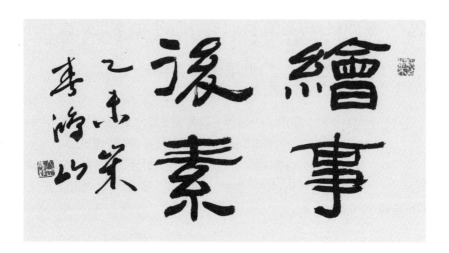

　우리나라에 유명한 화가들의 모임인 '후소회後素會'가 있으니, 이 회명會名은 이곳에서 따다 쓴 것으로 안다.

　공자는 인본주의자로 예禮를 논하는 가운데에 자하子夏의 이해를 돕기 위해서 '회사후소繪事後素'를 인용한 것이다.

巧 : 공교할 교　倩 : 예쁠 천　盼 : 아름다운 눈 반　素 : 흴 소　絢 : 문채날 현
繪 : 그릴 회

25 祭如在하시며 祭神如神在러시다.
제 여 재　　　　제 신 여 신 재

〖해설〗 제사를 지낼 적에는 (선조가) 계신 듯이 하고 신神에게 제사 지낼
　　　적에는 신神이 계신 듯이 하셨다.

〖출전〗 《논어》 팔일八佾

● 에세이

　범조우范祖禹 선생의 말을 빌리면, "군자가 제사함에 7일 동안 경
계하고 3일 동안 재계하여 반드시 제사하는 대상을 보게 되는 것은
정성이 지극하기 때문이다. 그러므로 교제郊祭를 지내면 천신天神
이 이르고, 사당에서 제사 지내면 사람의 귀신이 흠향하는 것이니,
이는 모두 자기로 말미암아 이루어지는 것이다. 그 정성이 있으면
그 신神이 있고, 그 정성이 없으면 그 신神이 없는 것이니, 삼가지 않
을 수 있겠는가!"고 하였다.

　우리나라는 제사의 문화가 잘 보존되어 있고 지금도 각 가문이나
각 가정에서 선조께 제사를 올린다. 그러나 이는 형식을 따라서 제
사를 지낼 뿐으로, 7일 동안 경계하고 3일 동안 재계하는 예는 따르
지 않으며, 그리고 제사를 지내면서 엄숙함과 정성이 결여되어 있
어서 심하면 제사 중에 잡담을 하는 경우도 많으니, 이렇게 제사 지
내는 것은 제사를 지내지 않는 것보다도 못한 것이다.

선조는 나의 뿌리이니, 나의 뿌리가 튼실해야 내가 잘 되는 것은 불문가지니,

경기도 양평군 용문사에 있는 은행나무는 1000년이 넘은 나무지만 지금도 가지는 무성하여 열매를 많이 맺는다고 한다. 1000년이나 된 고목古木이 어찌하여 아직도 열매를 맺는 것인가! 이는 뿌리가 튼튼하기 때문이다. 그러므로 사람도 뿌리가 튼튼한 집안은 후손도 잘된다.

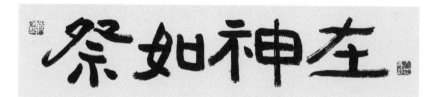

祭 : 제사 제 神 : 귀신 신

26 子曰 獲罪於天이면 無所禱也니라.
자 왈 획 죄 어 천 무 소 도 야

〖해설〗 공자께서 말씀하셨다. "죄를 하늘에 얻으면 빌 곳이 없느니라." 고
하였다.

〖출전〗《논어》팔일八佾

● 에세이

옛적 우리 동양에는 섬기는 신神이 많았다. 오奧는 방의 서남쪽 모
퉁이에 있는 신神이고, 조竈는 부엌의 신神이다. 7월 7일에는 북두칠
성의 신에게 빌었고, 동짓날에는 팥죽을 쑤어서 집의 동서남북에 뿌
렸으니, 이는 잡신雜神이 가정에 범접하지 말라는 예방차원이었다.

천신天神은 그 어떤 신神보다 지위가 높으므로, 천신天神께 죄를
지으면 빌 곳이 없다는 말이니, 천신보다 급이 낮은 오신奧神이나
조왕신竈王神에게 빌 수는 없으므로 그렇게 말씀하신 것이다.

도교에서는 모든 나무에도 정령精靈이 붙어서 산다고 한다. 그래
서 산속에 들어가서 수도를 하는 도인은 반드시 커다란 거울을 가
지고 가서 앞에 걸어놓고 수도를 하는데, 정령이나 잡신이 사람의
눈에는 보이지 않으나 거울에는 나타나므로 그 거울을 보고 잡신의
장난을 물리친다고 한다.

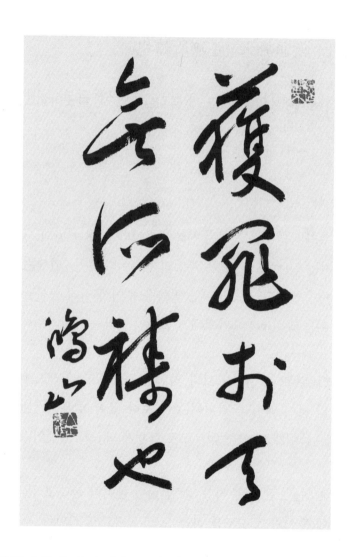

《삼국지연의》에 보면 "조조가 위魏의 제왕이 되어서 궁궐을 새로 짓는데, 들보에 쓰일 나무를 찾던 중, 모처에 커다란 배나무가 있으니, 들보에 적합하다는 소식을 듣고 그 나무를 베어오라고 군사들

을 보냈는데, 그 군사들이 맨손으로 돌아와서 하는 말 '배나무를 베어오려고 무진 애를 썼는데, 도끼가 나무에 들어가지 않아서 그냥 왔습니다.'고 하니, 조조가 화를 내면서 즉시 일어나서 그 배나무로 가서 도끼로 나무를 콱 찍었는데, 그 배나무에서 붉은 피가 확 튕겨서 조조의 얼굴에 뿌려졌다. 이런 뒤에 배나무를 베어다가 들보를 올려서 궁궐을 지었으나, 조조는 그 뒤로 머리가 아파서 정사를 볼 수가 없었고, 결국 이 병으로 죽었다."고 한다. 아마도 이 이야기는 도교의 영향을 받은 내용이 아닌가 한다.

獲 : 얻을 획　罪 : 허물 죄　禱 : 빌 도

27 定公이 問君使臣하며 臣事君호되 如之何잇고 孔子
　　　정공　　문군사신　　　신사군　　　여지하　　　공자

對曰 君使臣以禮하며 臣事君以忠이니이다.
대 왈 군 사 신 이 례　　　신 사 군 이 충

〖해설〗 정공定公이 묻기를, "임금이 신하를 부리며, 신하가 임금을 섬김
　　　에 어찌해야 합니까!" 하니, 공자께서 대답하였다. "임금은 신하
　　　부리기를 예禮로써 하고, 신하는 임금 섬기기를 충성으로써 해야
　　　합니다."고 하였다.

〖출전〗 《논어》 팔일八佾

● 에세이

　정공定公은 노나라 임금이니, 이름은 송宋이다.

　본문은 주종主從관계의 핵심을 말씀한 것으로, 군주가 신하를 부
리 때에는 예禮로써 해야 하고, 신하가 군주를 섬길 때에는 충성으
로 해야 하는 것이니, 이 주종관계를 회사의 사장과 직원으로, 상사
上司와 하급직원으로 설정해도 잘 들어맞는 말씀이다.

　군주가 신하를 부림에 예를 갖춘다는 것은 할 수 있는 일을 시키
는 것을 말한다. 그 신하가 할 수 없는 일을 시키는 것은 예의를 갖춘
태도가 아니다. 반대로 신하가 군주를 섬김에 충성으로써 한다는 것
은 열과 성을 다하여 일을 하는 것으로, 충성한다는 것은 내가 가지
고 있는 모든 것을 다하여 일을 하는 것이다.

들리는 말에 의하면, 어떤 상사가 자기는 출근하여 아침부터 저녁 퇴근까지 컴퓨터에서 게임 같은 것을 하면서 소일하고, 자기 부하 직원에게는 하루종일 일을 시키고, 또 저녁에 12시가 넘도록 잔업을 해도 다 하지 못할 일거리를 주는 사람이 있다고 한다.

이런 상사上司는 소인 중의 소인으로 남의 이익을 모두 내 것으로 가로채는 나쁜 상사이다. 이런 사람은 일생동안 남에게는 무거운 짐을 지게 하고 대신 나는 편하게 사는 사람으로 반드시 후일이 좋지 않다. 그러므로 부하 직원을 대할 때에도 예의를 갖추어서 대해야 한다.

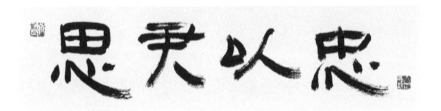

定 : 정할 정 使 : 부릴 사 臣 : 신하 신 禮 : 예도 례 忠 : 충성 충

28 子曰 居上不寬하며 爲禮不敬하며 居喪不哀면 吾
자왈 거 상 불 관   위 례 불 경   거 상 불 애   오

何以觀之哉리오.
하 이 관 지 재

〖해설〗 공자께서 말씀하셨다. "윗자리에 있으면서 너그럽지 않으며, 예
禮를 행함에 공경하지 않으며, 초상에 임하여 슬퍼하지 않는다면,
내가 무엇으로 그를 관찰하겠는가!"고 하였다.

〖출전〗《논어》팔일八佾

● 에세이

사람으로, 윗자리에 있을 적에 너그럽지 못하고, 예의를 차리면
서 공경스럽지 못하며, 초상에 임해서 슬퍼하지 않으면 그 사람은
더 살펴볼 것이 없다는 말씀이다.

사람이 조수鳥獸와 다른 것은 예절을 차릴 수가 있다는 것이다.
누구는 사고하는 능력이 있으므로 조수鳥獸와 다르다는 말도 있으
나, 어떤 조수鳥獸는 말도 따라서 하고 자기 새끼를 사랑할 줄도 안
다. 그러나 예절은 차릴 수가 없다.

그러므로 사람은 예禮를 갖출 줄 아는 것이 아주 중요하다. 남녀
간에는 남녀의 예절이 있고, 부자간에는 부자父子의 예절이 있으며,
노소관계에서는 장유長幼의 예절이 있고, 주종主從관계에서는 주종
의 예절이 있으니, 사람은 어떤 경우에 처하더라도 예의를 잘 차려

야 하는 것이다. 만약 예의를 잘 차리지 못하면 그 시점에서 관계는 깨어지는 것이니, 이는 예를 차리지 못했기 때문이다.

인생사에서 출생과 죽음이 가장 중요한 사건이니, 이 세상에 태어나서 살아가려면 예절을 차리면서 살아가다가 어느 날 이 세상을 하직하는 날이 있으니, 이를 죽음이라 하는 것이다. 그러므로 이 죽음은 같이 살던 가족과의 이별이고, 다정하던 친구와의 이별이고, 또한 이웃과의 이별이 된다.

다시는 볼 수 없는 곳으로 가기 때문에 보내는 자는 슬픔을 다하여 보내는 것이니, 이런 예절을 차리지 않으면 더 볼 것이 없다는 공자님의 말씀이다.

居:살 거 寬:너그러울 관 禮:예도 례 敬:공경 경 喪:초상 상
哀:슬플 애 吾:나 오 何:어찌 하 觀:볼 관 哉:어조사 재

이인편里仁篇

29 子曰 里仁이 爲美하니 擇不處仁이면 焉得知리오.
자 왈 이 인 위 미 택 불 처 인 언 득 지

【해설】 공자께서 말씀하였다. "마을의 (인심이) 인후仁厚한 것이 아름다
우니, 가려서 인후한 마을에 살지 않는다면, 어찌 지혜롭다 하겠
는가!" 고 하였다.

【출전】《논어》이인里仁

● 에세이

복거卜居라는 말이 있으니, 이는 살만한 곳을 가려서 정하는 것을
말한다. 그런데 어질고 후덕厚德한 사람들이 사는 곳을 택하여 산다
면 이보다 더 좋은 일은 없을 것이다.

사람이 살아서는 배산임수背山臨水하고 해가 잘 들어오는 양지바

른 곳을 선택하여 집을 짓고 사는 것이고, 죽어서는 음택陰宅이라고
하여 좌청룡左靑龍, 우백호右白虎가 좌우로 잘 형성되고 앞에는 내
가 가로질러 돌아가는 곳, 곧 산수山水가 좋은 곳을 골라서 음택을
삼는 것이다.

공자께서는 사후死後의 세계는 말씀하지 않았고, 본문에서 '인후
仁厚한 곳을 골라서 살지 않는다면, 어찌 지혜가 있는 자라 말하겠
는가!' 하여, 어진 선비가 많이 사는 인심 좋은 곳을 골라서 살아야
한다고 말씀하신 것이다.

'맹모삼천孟母三遷'에서도 맹자의 어머니가 자식을 잘 가르치려
고 사는 집을 세 번씩이나 옮기면서 살아서 맹자 같은 성인聖人을
만들었다는 고사가 있지 않은가!
꼭 맹모가 아닌 요즘의 엄마들도 자식을 훌륭하게 가르치려고 살
기 좋은 곳을 찾아서 이사하는 것을 많이 볼 수가 있으니, 이런 사람
들을 복거卜居한다고 할 수가 있을 것이다.

요즘의 엄마들은 무조건 좋은 학교에 들어가는 것을 전제로 하는
데, 우리 유가儒家에서는 어진 선비를 만드는 데 초점이 맞추어져
있으니, 우선 사람다운 사람이 되어야 남들이 훌륭하다고 인정하는
것이지, 온갖 비리에 연루되고 갖은 탈법을 다하여, 혹 청문회를 하

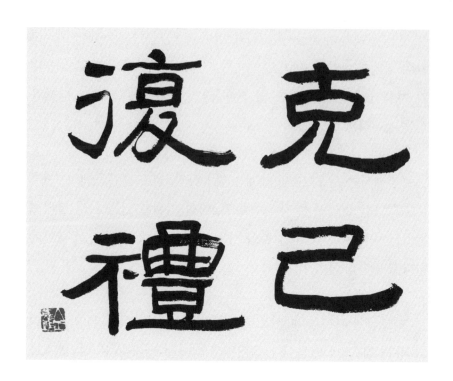

면 모든 비리가 다 드러나는 그런 사람을 만들지는 않는다.

美 : 아름다울 미 擇 : 가릴 택 處 : 처할 처 焉 : 어찌 언 得 : 얻을 득
知 : 지혜 지

30 子曰 朝聞道면 夕死라도 可矣니라.
　　자 왈 조 문 도　　석 사　　　가 의

〖해설〗 공자께서 말씀하셨다. "아침에 도道를 들으면 저녁에 죽어도 괜찮다." 고 하였다.

〖출전〗 《논어》 이인里仁

● 에세이

　도道라는 것은 사물事物의 당연한 이치를 말하니, 곧 천지우주의 생성원리를 말한다. 진실로 그 이치를 모두 깨닫는다면, 세상에 살아서는 생성원리를 따라서 살다가 저세상으로 갈 때에도 편안히 받아들일 것이다.

　그렇기에 아침에 천하의 이치를 안다면 저녁에 죽어도 좋다고 한 것이니, 세상에는 이런 이치를 깨닫지 못한 자가 많으므로 이렇게 말씀하신 것이다.

　아침과 저녁을 말씀하신 것은 시간의 가까움을 말씀하신 것으로, 꼭 아침과 저녁은 아닌 것이다.

　필자는 어린 시절(14세)에 《논어》를 배우면서, 이 문장에서 많은 의문을 품었다. 사실 죽는다는 것이 그렇게 쉽게 말할 수 있는 단어가 아니기 때문에 '어떻게 아침에 도를 들으면 저녁에 죽어도 좋다고 하는가!' 하였고, 이런 의문은 사실 수십 년이 걸려서 해결한 것으로 안다.

천리天理를 안다는 것은 이 세상의 일을 모두 안다는 말과 같으므로, 벌써 성인군자聖人君子가 된 것이나 다름이 없다. 그러므로 이 세상의 사리事理를 다 알았으니, 비록 죽는다 한들 무슨 한이 있겠는가! 그리고 인생은 한번 태어나면 한번은 반드시 죽는 것이다. 이를 뒤집은 사람은 아직까지 한 사람도 없고, 그리고 앞으로도 한 사람도 없을 것이다. 사람뿐 아니라 사물事物도 매한가지이다.

삼국지에 조조를 치료하는 사람으로 의성醫聖 화타가 나오는데, 화타가 와서 하는 말, '이 병을 치료하려면 머리를 가르는 수술을 해야 합니다.'고 하니, 조조는 원래 의심이 많은 사람이므로, '저놈이 나를 죽이려고 하는 소리다.'고 하고 화타를 옥에 가두었는데, 화타는 결국 이 옥에서 나오지 못하고 죽었다고 하며, 조조도 그 병을 치료하지 못하고 죽었다고 한다.

朝:아침 조 聞:들을 문 道:길 도 夕:저녁 석 死:죽을 사

31 子曰 士志於道而恥惡衣惡食者는 未足與議也니라.
자왈 사 지 어 도 이 치 악 의 악 식 자　미 족 어 의 야

〖해설〗 공자께서 말씀하셨다. "선비가 도道에 뜻을 두고 나쁜 옷과 거친
음식을 부끄러워하는 자는 더불어 도道를 의논할 수 없다."고 하
였다.

〖출전〗 《논어》 이인里仁

●에세이

유가儒家의 도道는 수신제가치국평천하修身齊家治國平天下의 도
이다. 종국에는 천하를 평화롭게 다스리는 웅대한 도道인데, 이런
도道를 가슴에 안은 자가 어찌 나쁜 옷과 거친 음식을 먹는다고 부
끄러워하겠는가!

그러므로 공자의 제자 안연顏淵이 "한 그릇의 도시락과 물 한 병
의 음료를 먹으면서 하류층이 사는 시골에 있으면서도 편안한 마음
으로 그곳의 생활을 즐겼다."고 하며, 이를 본 공자께서 안회를 칭
찬하였다고 하는데, 이는 안연의 가슴에 천하를 품을 수 있는 거대
한 도道가 있었기 때문이다.

필자도 어려서 논어와 맹자를 읽으면서 성인聖人의 도道에 반하
여 그 도를 따라서 살려고 많은 노력을 했던 기억이 있다.
지금도 성인의 도를 이해하고 가능하면 그 도에서 이탈하지 않으

려고 노력하며 살아간다. 그런데 필자가 사는 시대는 21세기로 서양의 학문이 동양을 초토화시키는 시대이고 서양학문만이 알아주던 시절이었기에, 초등학교 졸업 후에 한문만 배운 필자가 중고교 졸업 검정고시를 패스하고 한국방송통신대학교를 졸업한 뒤에 성균관대학교 유학대학원을 졸업하였으니, 이제는 구학문도 배웠고 신학문도 배워서 사회에 나가서 국가와 국민에 봉사를 해야 하는데, 어언 백발이 휘날리니, 어디에 가서 일을 한단 말인가! 이제는 겨우 책을 쓰면서 후학을 가르치고 건강을 지키는 것이 좋을 나이가 된 것이다. 그래도 공자의 도道는 아름다운 것이다.

志 : 뜻 지 道 : 길 도 恥 : 부끄러울 치 惡 : 악할 악 與 : 더블 여 議 : 의논 논

32 子曰 放於利而行이면 多怨이니라.
자 왈 방 어 이 이 행　　　 다 원

〖해설〗 공자께서 말씀하셨다. 이로움만 따라 행동하면 원망함이 많다.

〖출전〗《논어》이인里仁

●에세이

사람은 원래 인의仁義를 따라 행동해야 하는데, 이익만 취하려고 한다면 많은 사람들의 원망을 산다는 말씀이다.

요즘 경남기업 성모 회장이 검찰의 수사를 이겨내지 못하고 자살했는데, 성 회장이 자살하기 전에 뇌물을 정계의 요인들에게 수억 원씩 뿌렸다는 메모를 남겨놓고 죽었다고 한다. 이에 이 사건을 모든 신문은 톱뉴스로 대서특필하고 매스컴은 매스컴대로 앞으로의 정국을 걱정하면서 모모 인사들이 뇌물 몇억 원을 받았다고 떠들어대었다.

이 사건의 1차적 책임은 성 회장에게 있다고 봐야 한다. 자신의 이익을 위해서 정계의 요로에 많은 돈을 뿌려서 인맥을 형성하여 많은 돈을 벌었는데, 이번에 검찰의 수사를 받으면서 자신의 마음대로 되지 않으니, 자신은 자살하면서까지 뇌물을 폭로하여 세상을 뇌물 정국으로 만들어놓고 말았으니 지구촌이 한 나라나 다름없는 현세에서 팔을 걷어붙이고 노력해도 힘이 버거운 것이 국정인데, 평생 자신의 이익을 위해 살면서 초등학교도 나오지 못한 자가 뇌물을 써서 국회의원까지 했으면 이제는 멈춰야 하는데, 결국 자살하면서까지 국가를 이 지경으로 만들어놓았으니, 참으로 나쁜 사람임에 틀림이 없다.

그렇다고 뇌물을 받은 사람들이 잘했다는 말은 아니다. 정국의 요로에 있는 사람은 오직 국가를 위해서 일을 해야지 남이 주는 뇌물이나 받아먹으면 올바른 정치를 할 수가 없는 것이다. 그러므로 공자께서는 이를 걱정하여 이익만 챙기는 자를 경계한 말씀이 아닌가! 참으로 현명한 혜안의 말씀이시다.

放 : 내칠 방, 의지할 방 利 : 이로울 이 多 : 많을 다 怨 : 원망 원

33 子曰 參乎아 吾道는 一以貫之니라.
자 왈 삼 호 오 도 일 이 관 지

【해설】 공자께서 말씀하셨다. 삼(參 : 증자)아! 우리 도道는 한 가지 이理가
만 가지를 관통하고 있느니라.

【출전】《논어》이인里仁

● 에세이

우리 도道는 천리天理가 운행하는 도를 말하는데, 그 운행하는 주
체는 하나이나, 각기 나타나는 것은 천태만상으로 다르게 나타나는
것이다. 그러므로 하나의 이理로써 만 가지의 사리事理를 관통한다
고 한 것이다.

일례로, 봄이 오면 남풍이 불고 날씨가 따뜻하여 대지에는 새싹
이 돋고 꽃이 피며, 여름이 오면 날씨는 무더워지고 초목은 쑥쑥 자
라서 산은 울창해지고 들은 푸른 초원의 천지가 된다. 그리고 그 안
에서는 온갖 동물과 곤충들이 삶을 영위하는 것이다.

가을이 되면 여름에 양분을 축적한 열매들은 어느덧 빨갛고 노랗
게 익어서 다음 해 봄에 싹을 틔울 씨앗을 준비하고 초목과 동물들
은 어느덧 겨울을 날 준비를 하며, 겨울이 오면 세상은 온통 하얀 눈
과 얼음으로 변하여 죽음의 세상이 되는 것이니, 이에 동물과 초목
은 돌아오는 봄을 준비하면서 희망을 가지고 겨울을 나는 것이다.

그리고 봄이 다시 찾아와서 생명이 살아가기에 좋은 세상이 되는
것이니, 이런 이치는 태초부터 지금까지 계속 반복되는 것이다.

세상은 이런 천리가 반복되는 것이니, 이를 천리天理가 한 가지
이理로써 만 가지의 이理를 관통한다고 한다. 이것이 진리이니, 우
리가 사는 세상은 이 이치를 뛰어넘지 않는 것이고, 그러므로 세상
은 유지되고 관리되는 것이다.

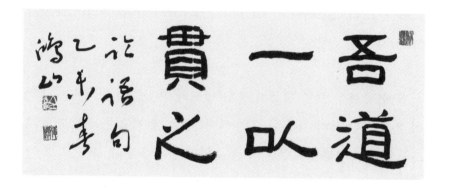

参:석 삼 吾:나 오 道:길 도 貫:꿸 관

34 曾子曰 夫子之道는 忠恕而已시니라.
증자왈 부자지도 충서이이

【해설】 증자가 말하였다. "부자(夫子: 공자)의 도道는 충忠과 서恕일 따름이다."고 하였다.

【출전】《논어》이인里仁

●에세이

공자께서 증자에게 '우리 도道는 한 가지 이理가 만 가지를 관통하고 있느니라.(吾道一以貫之)'라고 하시고 밖으로 나가시니, 많은 제자들이 '무슨 말이냐!'고 증자에게 물었다. 그래서 증자가 '부자(夫子: 공자)의 도道는 충忠과 서恕일 따름이다.'라고 말한 것이다.

전장前章의 '오도일이관지吾道一以貫之'는 천리天理를 가지고 말씀한 것이고, 증자가 제자들에게 말한 것은 인도人道를 가지고 말한 것이니, 충忠은 자기의 마음을 다하는 것이고, 서恕는 자기 마음을 미루어서 사물을 사랑으로 대하는 것이다.

그러므로 천리天理는 오직 해야 할 바를 하는 것이고 가야 할 방향으로 가는 것이며, 사람은 이를 본받아서 자신의 마음을 다해서 세상을 살고, 또 이 마음을 미루어서 사물을 대하는 것이니, 이러므로 '부자夫子의 도는 충서忠恕일 뿐이다.'라고 한 것이다.

충忠은 나의 모든 역량을 다하여 국가와 사회를 위해서 일을 하는 것이고, 서恕는 나의 인후仁厚하고 너그러운 마음으로 남에게 베푸는 것이니, 이 둘이 세상을 살아가는 도道가 된다는 것이다.

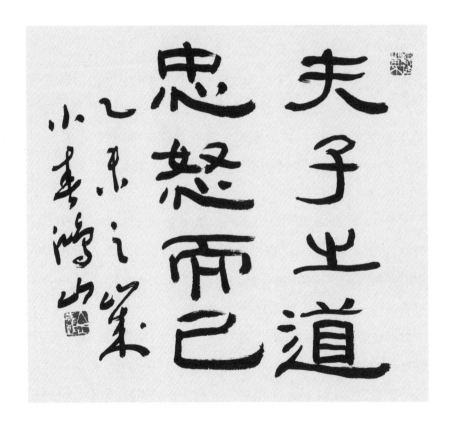

曾 : 일찍 증　道 : 길 도　忠 : 충성 충　恕 : 용서 서

35 子曰 君子는 喻於義하고 小人은 喻於利니라.
자왈 군자 유어의 소인 유어리

〖해설〗 공자께서 말씀하셨다. "군자君子는 의義로움을 보고 깨닫고, 소인
小人은 이利를 보고 깨닫는다." 고 하였다.

〖출전〗《논어》이인里仁

●에세이

　군자君子는 대인大人을 말하니, 대인大人과 소인小人은 언제나 반
대이다. 대인은 남을 위해서 사는 삶이고, 소인小人은 자기를 위해
서 사는 삶이니, 만약 소인이 높은 지위의 자리에 앉았다면 반드시
자기의 지위를 이용해서 갖은 뇌물을 다 받을 것이고, 반대로 대인
이 높은 지위에 앉는다면, 항상 백성들이 어떻게 하면 잘 살까를 생
각하면서 이를 위해서 항상 노력할 것이니, 이러므로 국력은 향상
되고 나라는 부국강병의 나라가 될 것이다.

　이러므로 대인大人은 의義를 보면 '어떻게 하면 백성들이 편안하
게 살게 할 수 있는가!' 를 생각하면서 깨달음이 오는 것이고, 소인
小人은 이利를 보면, '어떻게 하면 나에게 이익이 올까!' 를 생각하면
서 깨우침이 오는 것이다.

　정치는 타협하는 것이고 또한 나라를 위해서, 또는 국민을 위해
서 일을 해야 하는데, 요즘의 정치인들은 자기의 당과 자신의 이익

만을 위해서 일을 하니 타협이 될 리가 없는 것이다. 그러므로 언제나 머리가 터지도록 싸움질을 하다 마는 것이다.

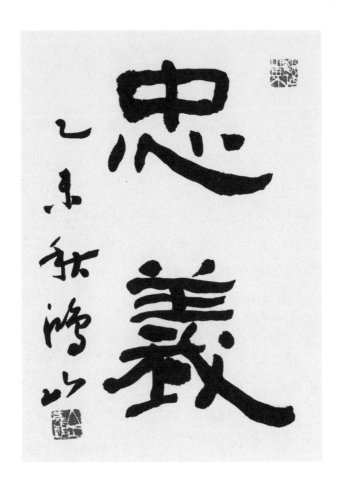

喩 : 깨달을 유　義 : 옳을 의　利 : 이로울 리

36 子曰 見賢思齊焉하며 見不賢而內自省也니라.
　　자 왈 견 현 사 제 언　　　견 불 현 이 내 자 성 야

【해설】 공자께서 말씀하였다. "어진 이의 훌륭한 행실을 보고는 그와 같
　　　　기를 생각하며, 어질지 못한 이의 나쁜 행실을 보고는 마음으로
　　　　스스로 반성해야 한다."고 하였다.

【출전】《논어》이인里仁

● 에세이

　사람이 공부를 하고 사회에 나오면 옆에 있는 동료나 친구를 보
고 배우는 것이니, 옆에 있는 벗의 잘한 행동을 보고는 나도 그렇게
해야겠구나! 하고 배우며, 혹 옆의 동료가 나쁜 행위를 하는 것을 보
면, 아! 나는 결코 저런 나쁜 행위는 하지 않겠다고 스스로 반성을
하라는 것이다.

　필자는 성격이 매우 급하고 잘 참지 못해서 혹 실수를 하는 경우
가 많다. 조금만 참았으면 그냥 잘 넘어갈 일인데, 한때를 참지 못해
서 일을 그르친 때가 매우 많다. 후회도 많이 하고 이를 고치려고 노
력도 많이 했다.

　또한 서예와 한문을 수십 년 동안 공부하면서 어떤 좋은 친구한
테는 사회에 나가서 교제하는 법을 배웠고, 어느 한문 선생님께는
겸손함을 배운 경험이 있다.

아마도 공자님의 이 말씀은 이렇게 옆의 벗이나 동료에게 생활하면서 배우라는 말씀이 아닌가 하고 생각한다.

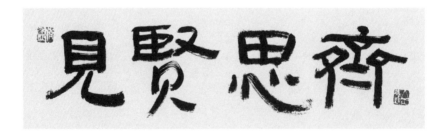

見 : 볼 견 賢 : 어질 현 思 : 생각 사 齊 : 가지런할 제 省 : 살필 성

37 子曰 事父母호대 幾諫이니 見志不從하고 又敬不
　　　자왈　사부모　　　기간　　　견지부종　　　우경불

違하며 勞而不怨이니라.
위　　　노이불원

【해설】 공자께서 말씀하셨다. "부모를 섬기되 은미하게 간諫해야 하니,
　　　　부모의 뜻이 내 말을 따르지 않음을 보더라도 더욱 공경하고 어기
　　　　지 않으며, 수고로워도 원망하지 말아야 한다."고 하였다.

【출전】《논어》이인里仁

● 에세이

　세상을 살아가다 보면 부모님과 의견이 맞지 않을 때가 많은데,
이를 현대어로는 세대 차이가 난다고 한다.

　그리고 부모님이 혹 의롭지 않은 편에 섰을지라도 나는 남모르게
은미하게 간諫해야 하는 것이니, 이를 큰소리로 말씀을 드려서 남들
이 알게 되면 부모님의 이미지에 손상이 올 수가 있으므로 공자께
서는 은미하게 간해야 한다고 하였다.

　지금은 많은 사람들이 대학을 졸업하여 말귀를 알아듣는 세상이
되었지만, 필자가 어렸을 때는 왜정 36년을 거치고 6.25사변을 겪
었으므로, 온 국민이 초근목피로 겨우 연명을 하던 때이기에 공부
를 하지 못한 무식한 사람들이 대부분이었다.

　자연히 부자간에 의견도 맞지 않았고, 그리고 농사만 짓던 농부

가 거의 다였으므로 농사만 알았지, 달리 사는 방법을 알지 못해서 자녀를 합리적으로 잘 지도하지 못하는 경우가 많았다.

이러므로 부모가 혹 무식하여 나와 의견이 일치하지 않더라도 은미하게 간諫하고 또한 공경함을 어기지 않으며, 그로 인하여 수고로움이 있더라도 원망을 해서는 안 된다는 말씀이다.

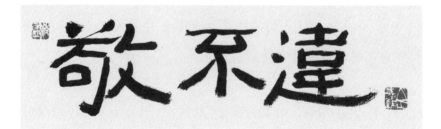

事 : 섬길 사 幾 : 은미할 기 諫 : 간할 간 從 : 좇을 종 敬 : 공경 경
違 : 어길 위 勞 : 수고할 로 怨 : 원망 원

38 子曰 父母之年은 不可不知也니 一則以喜요 一則
　　　자 왈 부 모 지 년 　 불 가 부 지 야 　 일 즉 이 회 　 일 즉

以懼니라.
이 구

〖해설〗 공자께서 말씀하셨다. 부모님의 나이는 기억하지 않으면 안 되니,
　　　　(부모님의 나이를 기억하고 있으면) 한편으로 기쁘고, 한편으로
　　　　두렵기 때문이다.

〖출전〗 《논어》 이인里仁

●에세이

　이는 효자의 마음을 말씀한 것이니, 부모님의 나이를 기억하고
있으면, 한편으로는 장수하시니 기쁜 것이고, 한편으로는 부모님의
나이가 많으시니 부모님이 노쇠하셔서 앞으로 뵈올 날이 많지 않은
것이 두려운 것이다.

　내가 이 세상에 태어난 것은 부모님이 계셨기에 가능한 것이고,
또한 어렸을 적에 진자리 마른자리 마다하지 않으시고 돌봐주셨기
에 가능한 것이었다.

　이 세상은 너무나 즐겁고 좋은 세상이니, 학문을 탐구해도 좋고
친구를 사귀어도 좋다. 음식을 먹어도 좋고 노래를 불러도 즐겁다.
노력하여 일을 해도 즐겁고 돈을 많이 버니 좋다. 바다에 나가 해수
욕을 해도 좋고 비행기를 타고 외유外遊를 해도 좋다. 술을 마셔도

좋고 친구와 놀아도 좋다. 이 세상의 일은 모든 것이 아름답고 즐거운 것뿐이다.

이 모든 것이 나를 낳으신 부모님의 덕분이니, 자연히 부모님께서 장수하심이 기쁘고, 그리고 노쇠하셔서 앞으로 뵈올 날이 많지 않음이 두려운 것이다.

年 : 나이 년　知 : 알 지　則 : 곧 즉　喜 : 기쁠 희　懼 : 두려울 구

39 子曰 父母在어시든 不遠遊하며 遊必有方이니라.
자 왈 부 모 재　　불 원 유　　　유 필 유 방

〖해설〗 공자께서 말씀하셨다. "부모가 생존해 계시거든 먼 곳에 놀러 가
　　　　지 말며, 어디 갈 때에는 반드시 일정한 방소方所가 있어야 한다."
　　　　고 하였다.

〖출전〗《논어》이인里仁

●에세이

　충효忠孝는 사람이 이 세상을 살아가는 근본이니, 충忠은 직장에
나가서 자신이 몸담고 있는 회사의 일에 전심전력하는 것을 말하
고, 효孝는 가내家內에 있으면서 부모님을 잘 봉양함을 말한다.

　본문은 효孝에 대한 말씀이니, 부모님이 살아계시면 먼 곳에 외
유外遊하지 말고, 부득이 외유外遊할 때에도 부모님이 찾을 수 있도
록 일정한 방소를 정해놓고 그곳으로만 외유해야 한다는 것이니,
그래야만 일이 생기면 쉽게 찾을 수 있기 때문이다.

　이때는 전화기가 없으므로 이런 말씀을 한 것인데, 지금은 누구나
전화기를 휴대하고 다니므로 일정한 방소를 정해둘 필요는 없다.

　시대가 변하여 옛날과 오늘의 외유外遊가 동일하지는 않으나, 그
러나 본문의 핵심은 부모님이 살아계시면 부모님의 마음에 걱정이
되는 일은 하지 말아야 한다는 것이니, 이러한 봉양을 양지養志라고
하는 것이다.

우리나라는 지금 세계에서 10위 안에 드는 잘 사는 나라이니, 단군 성조 이래 지금이 가장 살기 좋은 시대이다. 이런 좋은 세상에 살 수 있도록 한 분이 바로 부모님이시다. 물심양면으로 잘 봉양하여 부모님께서 근심 걱정을 하지 않도록 해야 한다.

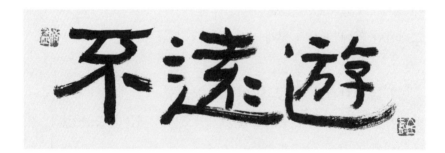

遠 : 멀 원　遊 : 놀 유　必 : 반드시 필　方 : 방소 방

40 子曰 君子는 欲訥於言而敏於行이니라.
자 왈 군 자   욕 눌 어 언 이 민 어 행

〖해설〗 공자께서 말씀하셨다. "군자는 말은 어눌한 듯하고 실행함은 민
         첩하려고 한다."고 하였다.

〖출전〗《논어》이인里仁

● 에세이

《명심보감》에 "말을 많이 하는 것은 많은 사람을 짜증나게 한
다.(多言衆所忌)"라는 말이 있고, 언행일치言行一致라는 말도 있으니,
언행이 일치하지 않는 사람은 이 세상에 보탬이 되지 않는 사람이
다.

사람이 한번 말을 했으면 꼭 그 말을 지켜야 한다. 이를 믿음이
있는 사람이라 한다. 그런데 이 세상에는 말은 번지르르하게 잘하
지만, 그 말을 지키는 사람은 드물다. 많은 사람들이 지키지 못할 말
을 함부로 뱉어내고 실행에 옮기지는 않으니, 믿지 못할 세상이라
하는 것이다.

필자의 주변에 아주 말을 잘하는 친구가 있었는데, 이 친구와 모
이면 처음부터 끝까지 이 친구의 말만 듣다가 헤어진다. 다른 친구
들은 말을 하려고 해도 말할 기회를 얻지 못하므로 말을 하지 못한
다. 결국 한 사람의 말만 듣다가 헤어지니, 좋을 리가 없다.

그러므로 군자는 어눌한 사람처럼 많은 말은 하지 말아야 하고,
한번 말을 뱉었으면 이를 지키려고 민첩하게 행동하여야 한다는 것
이다.

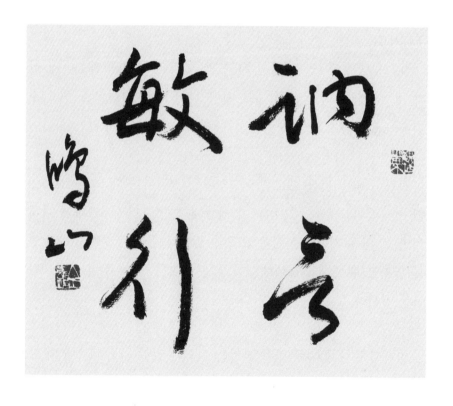

欲 : 하고자 할 욕　訥 : 어눌할 눌　敏 : 민첩할 민　行 : 행실 행

41 子曰 德不孤라 必有隣이니라.
자 왈 덕 불 고 필 유 린

【해설】 공자께서 말씀하셨다. "덕德은 외롭지 않으니, 반드시 이웃이 있
다."고 하였다.

【출전】《논어》 이인里仁

●에세이

덕德은 덕이 있는 사람을 말하니, 덕이 있는 사람은 외롭지 않고
반드시 친한 이웃이 있다는 말로, 지금도 많은 인구人口에 회자膾炙
되는 아주 유명한 말씀이다.

덕이 있다는 것은 남을 위해서 좋은 일을 많이 했다는 말과 통하
니, 남을 위해서 덕을 쌓는 사람은 그것을 되돌려 받으려고 하지는
않는다.

《주역》에 "덕을 쌓은 집안에는 반드시 남은 경사가 있다. 적선지
가積德之家 필유여경必有餘慶"이라는 말이 있으니, 사심 없이 덕을
많이 쌓으면 가만히 있어도 그 집안이 잘 되는 것이니, 남에게 무엇
을 바랄 필요가 없는 것이다.

그리고 이 세상의 인심은 후덕厚德한 사람의 옆에는 항상 많은 사
람이 모이는 것이고, 아무리 부귀해도 야박한 사람에게는 사람이
모이지 않는 것이다.

반대로 "재앙은 혼자 다니지 않는다. 화불단행禍不單行"이라는

말도 있다. 일례로, 중풍에 들어서 한쪽 손을 쓰지 못하면 한쪽 다리도 쓰지 못하는 반신불수가 있고, 집에 불이 나면 그 불에 가족이 화를 당한다거나, 또는 사업이 망하거나 이혼을 당했다는 등 화禍가 홀로 다니지 않는다고 한다.

세상이 이렇기에 사람은 이 세상에 살아가면서 많은 덕을 쌓아야하는 것이다. 어떤 사람은 '박봉에 자식도 키우기 어려운데 남을 도와줄 겨를이 있는가! 좀 더 기다려서 잘살게 되면 남을 도와주지!'하는 사람도 많다. 그러나 살림이 넉넉하다고 해서 남을 도와주는 것은 아니다. 나도 어렵지만 나보다 더욱 어려운 사람을 도와준다는 마음이 나의 생활에 젖어있어야 진정한 덕을 쌓는 사람인 것이고, 이런 사람에게는 반드시 친한 벗이 많은 것이다.

德 : 큰 덕 孤 : 외로울 고 必 : 반드시 필 隣 : 이웃 린

공야장편公冶長篇

42 宰予晝寝이어늘 子曰 朽木은 不可雕也요 糞土之
   재 여 주 침   자 왈 후 목   불 가 조 야   분 토 지

墙은 不可杇也니 於予與에 何誅리오.
장   불 가 오 야   어 여 여   하 주

【해설】 재여宰予가 낮잠을 자자, 공자께서 말씀하셨다. "썩은 나무는 조
       각할 수 없고, 거름흙으로 쌓은 담장은 흙손질할 수가 없다. 내가
       재여宰予에 대하여 꾸짖을 것이 있겠는가!" 고 하였다.

【출전】 《논어》 공야장公冶長

● 에세이

재여宰予는 공자의 제자이니, 도道에 정진해야 할 사람이 낮에 한
가롭게 잠을 자므로 공자께서 심히 질책을 한 것이다.

옛날에는 전기가 없었고, 그러므로 밤에는 기름에 불을 켜야 하

는데 비싼 기름을 밤중까지 켜놓을 수는 없기 때문에 일찍 잠을 자고 일찍 일어났다. 그렇기에 밤에 많은 잠을 잤을 것이니, 낮에 다시 잘 필요는 없었을 것이다. 그러나 재여는 마음이 한가하고 게을러서 낮에 잠을 잔 것이니, 이에 스승인 공자께서는 믿는 제자가 낮에 잠만 자고 있으므로 크게 꾸짖었을 것이다.

요즘은 옛날과 달리 전기가 있어서 밤에도 낮처럼 밝으므로 늦은 밤까지 텔레비전도 보고, 책도 보고, 공부도 한다. 그렇기에 늦게 자고 늦게 일어나도 잠은 부족하여 낮에도 잠을 자는 사람이 많다. 이런 잠을 오수午睡라 하니, 이 오수午睡가 그렇게 꿀맛이라고 한다.

도道라는 것은 정신으로 하는 것이니, 정신이 희미해지면 도道는 이미 끝난 거나 매한가지이다. 믿는 제자가 수양修養에 진력하지 않고 잠이나 자고 있으니, 선생으로서는 화가 나서 한 말씀이 아닌가 한다.

宰 : 재상 재 予 : 나 여 晝 : 낮 주 寢 : 잘 침 朽 : 썩을 후 雕 : 아로새길 조
糞 : 똥 분 墻 : 담 장 杇 : 흙손질할 오 誅 : 꾸짖을 주

43 子貢이 問曰 孔文子를 何以謂之文也잇고 子曰 敏
　　　자공　문왈 공문자　　하 이 위 지 문 야　　　자 왈 민

而好學하고 不恥下問이라 是以로 謂之文也니라.
이 호 학　　　불 치 하 문　　　시 이　　위 지 문 야

【해설】 자공子貢이 "공문자孔文子를 어찌하여 문文이라고 시호諡號하였습
　　　니까!"고 물으니, 공자께서 대답하였다. "총민하면서도 배우기를
　　　좋아하였으며 아랫사람에게 묻기를 부끄러워하지 않았다. 이 때
　　　문에 문文이라 시호한 것이다."고 하였다.

【출전】 《논어》 공야장公冶長

● 에세이

　공문자孔文子는 위衛나라 대부大夫니, 이름은 어圉이다.

　시호諡號[3]를 주는 법에, '부지런히 배우고 묻기를 좋아하는 자에
게 문文자를 준다.'고 하였으니, 공문자는 사람이 민첩하면서 배우
기를 좋아하고 아랫사람에게 묻기를 부끄러워하지 않았으니, 문文
자의 시호를 받기에 부족함이 없다는 말씀이다.

　우리나라의 신라와 고려, 조선에도 시호諡號를 주었으니, 문文자
의 시호가 있고 충忠자의 시호가 있으며, 정貞자가 있고 열烈자가
있는 등 다양하다.

---

3 시호諡號: 예전에, 임금이나 정승, 유현儒賢들이 죽은 뒤에 그들의 공덕을 칭송하여 주
　　던 이름.

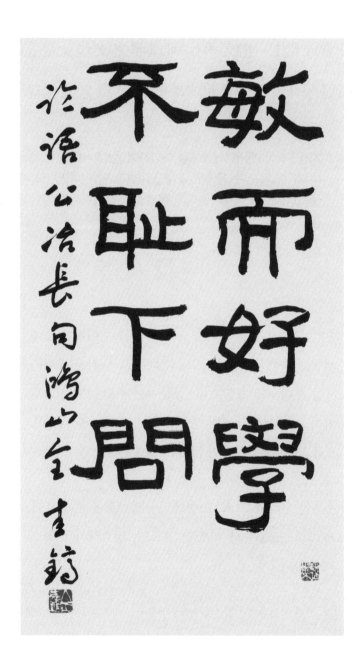

敏而好學　不恥下問

論語 公冶長句 鴻山 金□鈞

문文자를 주는 기준은 경천위지經天緯地[4]한 문文이 있고 박학호
문博學好問한 문이 있으니, 조선의 문성文成은 이율곡의 시호이고,
충무忠武는 이순신의 시호이며, 문순文純은 이퇴계의 시호이다.

오늘날에는 나라에 공이 있는 사람에게 훈장勳章을 주는데, 무궁
화대훈장이 있고 건국훈장이 있으며, 산업역군들에게 주는 산업훈
장이 있고 문화인에게 주는 문화훈장이 있는 등 다양한 훈장을 주
고 있다.

이러한 제도는 국가에서 엄격하게 관리해야 한다. 자칫 잘못하면
엉뚱한 사람에게 훈장이 돌아갈 수가 있으니, 이런 일이 생기면 국
가의 위상에 손상이 오는 것이다.

謂 : 이를 위　敏 : 민첩할 민　恥 : 부끄러울 치

---

4 경천위지經天緯地 : 하늘로 날줄을 삼고, 땅으로 씨줄을 삼는다.〔經之以天, 緯之以地.〕"
는 말에서 나온 것으로, 천하를 경영할 만한 탁월한 정치적 식견을 가지고 있다는 뜻
이다.《國語 周語下》

44 子謂子産하사되 有君子之道四焉하니 其行己也
자위자산　　　유군자지도사언　　기행기야

恭하며 其事上也敬하며 其養民也惠하며 其使民也
공　　기사상야경　　기양민야혜　　기사민야

義니라.
의

〔해설〕 공자께서 자산子産을 평하셨다. '군자의 도道가 네 가지가 있으니,
　　　　그의 몸가짐은 공손했고 그가 윗사람을 섬김에는 공경했으며, 그
　　　　가 백성을 기름에는 은혜로웠고, 그가 백성을 부림에는 의義로웠
　　　　다.' 고 하였다.

〔출전〕 《논어》 공야장公冶長

● 에세이

　자산子産은 정鄭나라 대부 공손교公孫僑이다.

　공자께서 자산을 네 가지 일로 칭찬했으니, 첫째는 공손한 사람
이고, 두 번째는 윗사람을 섬김에 있어서는 공경스러운 자세를 취
했으며, 세 번째는 백성을 양육함에는 사랑하여 이롭게 했고, 네 번
째는 높은 지위에 있으면서 백성을 부림에는 공의公義롭게 하였다
는 것이니, 칭찬을 아끼지 않은 것이다.

　공자 같은 성인聖人께 칭찬을 듣기는 매우 어려운 일인데, 자산은
참으로 훌륭한 대부大夫였던 모양이다.

　오늘날도 자산 같은 관료가 있다면 국민들의 성원이 아마 대단했

을 것으로 생각한다. 요즘 성모 회장 사건을 보면, 많은 고위 관료들이 뇌물을 받은 것으로 추정되고, 또한 뇌물을 주면서 회사를 키우려는 성 회장의 행태도 좋아 보이지는 않는다. 사람이 의롭지 못하면서 의롭지 못하게 번 돈으로 장학사업을 했다고 하니, 아마도 장학금을 준 그 학생들을 모두 자기 사람으로 만들어서 더욱 큰 자리에 앉게 하여 더욱 많은 불법을 저지르려고 장학사업을 한 것이 아닌가 하고 생각한다.

사람은 돈을 벌어도 의義롭게 벌고, 돈을 쓰는 것도 의롭게 써야 하는 것이다. 사람의 마음이 한 번 삐뚤어지면 그것을 바로잡기가 매우 어려운 것이니, 처음부터 정신을 바짝 차리고 불의에 물들지 않도록 주의를 기울여야 한다.

産 : 낳을 산 恭 : 공손 공 敬 : 공경 경 養 : 기를 양 惠 : 은혜 혜

45 子曰 晏平仲은 善與人交로다 久而敬之온여.
자 왈 안 평 중 선 여 인 교 구 이 경 지

〖해설〗 공자께서 말씀하셨다. "안평중晏平仲은 남과 사귀기를 잘하였다.
오래되어도 공경하는구나!" 고 하였다.

〖출전〗《논어》공야장公冶長

● 에세이

안평중은 제齊나라 대부니 이름은 영嬰이다.

사람은 대부분이 친구를 사귀면 처음에는 조심스럽게 대하다가
좀 더 친해지면 함부로 대하는 경향이 있는데, 본문의 안평중은 친
구를 사귀면서 오래되어갈수록 더욱 공경을 했으므로 부자(夫子 : 공
자)께서 칭찬을 아끼지 않은 것이다.

필자가 전에 서예학원을 운영할 적에 어떤 부인이 공부를 했는
데, 그 사람이 진중하지 못한 성격인 것을 보고 아호雅號를 '경지敬
之'라고 지워주었는데, 사실 위의 본문 '久而敬之'에서 인용한 것
이다. 즉 오랫동안 친구를 사귀어도 공경하는 마음을 가지라는 뜻
이었다.

요즘에는 학교의 동창이나 시골에서 같이 자란 친구를 만나면,

상스러운 욕설을 하는 것이 보통이고 이렇게 해야 친숙함을 느끼는 경우가 많은데, 이런 사귐은 고귀한 사귐이 되지 못한다.

그리고 사람을 사귀는 것이 꼭 같은 연령의 평교를 말하는 것은 아니다. 도의道義로의 사귐이 있으니, 이는 뜻이 맞는 사람들이 사귀는 친교로 나이의 고저高低를 가리지 않는다.

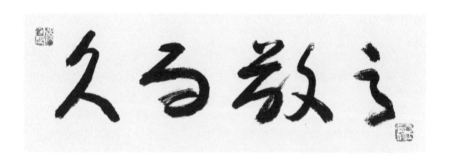

晏:늦을 안 仲:버금 중 善:잘할 선 交:사귈 교 久:오랠 구 敬:공경 경

46 子曰 伯夷叔齊는 不念舊惡이라 怨是用希니라.
자 왈 백 이 숙 제 　 불 염 구 악 　 　 원 시 용 희

〖해설〗 공자께서 말씀하셨다. "백이伯夷와 숙제叔齊[5]는 (사람들이) 옛적에
　　　　저지른 악행을 생각하지 않았다. 이 때문에 원망하는 사람이 드물
　　　　었다." 고 하였다.

〖출전〗 《논어》 공야장公冶長

● 에세이

　백이 숙제는 중국 고대 은나라 말과 주나라 초에 살았던 전설적
인 성인聖人으로, 고죽국의 왕자였으나 서로 왕위를 사양하고 나라
를 떠났다. 주周의 무왕이 은殷의 주왕을 토벌해 죽이자, 무왕의 행
위가 인의를 배반한 것이라며 주나라에서 나는 곡식을 먹지 않는다
고 말하고, 수양산에 은둔해 고사리 뿌리를 캐 먹고 지내다가 결국
굶어 죽었다. 그러므로 절개와 의리를 지키는 선비의 상징이 되었
다.

　백이 숙제에 대하여 맹자는 말하기를, "악한 임금의 조정에서 벼

---

　5 백이 숙제 : 백伯과 숙叔은 장유長幼를 나타낸다. 본래는 은殷나라 고죽국孤竹國(河北省
　昌黎縣 부근)의 왕자이었는데, 아버지가 죽은 뒤 서로 후계자가 되기를 사양하다가 끝
　내 두 사람 모두 나라를 떠났고 가운데 아들이 왕위를 이었다. 그 무렵 주나라 무왕武
　王이 은나라의 주왕紂王을 토멸하여 주왕조를 세우자, 두 사람은 무왕의 행위가 인의
　仁義에 위배되는 것이라 하여 주나라의 곡식을 먹기를 거부하고, 서우양산(수양산首
　陽山)에 들어가 몸을 숨기고 고사리를 캐어먹고 지내다가 굶어죽었다. 유가儒家에서
　는 이들을 청절지사淸節之士로 크게 높였다.

슬하지 않았고, 악한 사람과 말하지 않았으며, 무식한 시골 사람과 서 있을 때에 그의 갓이 바르지 않으면 뒤도 돌아보지 않고 떠나버려, 마치 자기 몸을 오염시킬 것처럼 여겼다."고 하였으니, 그의 꼿꼿한 지조가 이와 같았으니, 아마도 의심컨대 포용하는 마음은 없는 듯하다. 그러나 미워하던 사람이 잘못을 고치면 즉시 미워하는 마음을 그쳤다. 그러므로 사람들 또한 심히 그를 원망하지 않았다고 하여 공자께서 칭찬한 것이다.

조선조 사육신의 한 사람인 성삼문이 서장관의 임무를 띠고 중국에 갔을 때에 수양산 아래에 있는 백이 숙제의 사당을 지나면서 한시 한 수를 지었으니, 이 시가 절조에 대한 명시이다. 그래서 아래에 소개한다.

當年叩馬敢言非	그때 말고삐 잡고 감히 그르다 말하였으니
大義堂堂日月輝	대의가 당당하여 햇빛처럼 빛났었네.
草木亦霑周露雨	초목도 주나라의 비와 이슬을 먹고 자란 것
愧君猶食首陽薇	그대 수양산 고사리 먹고 연명한 것 부끄럽지 않은가.

念 : 생각 염 舊 : 옛 구 惡 : 미워할 오, 악할 악 怨 : 원망할 원 希 : 드물 희

47 子曰 十室之邑에 必有忠信如丘者焉이어니와 不如
자왈 십실지읍 필유충신여구자언 불여

丘之好學也니라.
구지호학야

〖해설〗 공자께서 말씀하셨다. "10호戶쯤 되는 고을에도 반드시 나(丘)처
럼 충신忠信한 자는 있지만, 나처럼 배우기를 좋아하지는 못할 것
이다."고 하였다.

〖출전〗《논어》공야장公冶長

● 에세이

충신忠信은 충성스럽고 신실함을 말하고 호학好學은 배우기를 좋
아하는 것을 말한다. 공자께서는 언제나 배우는 것을 좋아하였고,
그리고 호학好學하는 자를 좋아하였다.

그러면 왜 호학好學하는 자를 좋아하였을까! 이는 사람은 배워야
사람노릇을 하기 때문이니, 배우지 않으면 사람노릇을 하려고 해도
알지 못해서 할 수가 없는 것이다.

사람은 본래 충직하고 신실해야 하니, 이렇게 본바탕이 충신忠信
한 자는 10호戶쯤 되는 작은 마을에도 얼마든지 있다는 것이다. 왜
냐면 사람은 본래 착하게 태어났기 때문이다.

그러나 세상을 살아가는 데는, 충신忠信의 바탕 위에 인애仁愛함
을 알아서 세상을 사랑해야 하고, 그리고 의리를 알아서 사람다운

행동을 해야 한다. 또한 예절을 알아서 인인人人과의 사이에서 적절하게 행동을 해야 하는 것이니, 부부는 분별함이 있어야 하고, 장유長幼는 차례가 있어야 하며, 벗과 벗 사이에는 믿음이 있어야 하고, 부자간에는 친함이 있어야 하며, 군신의 사이에는 의義가 있어야 하는 등의 예절을 알아야 하는 것이다.

室 : 집 실　邑 : 고을 읍　忠 : 충성 충　信 : 믿을 신　丘 : 언덕 구　焉 : 어조사 언
學 : 배울 학

옹야편雍也篇

48 子曰 賢哉라 回也여 一簞食와 一瓢飮으로 在陋巷을
자왈 현재 회야 일단사 일표음 재누항

人不堪其憂어늘 回也不改其樂하니 賢哉라 回也여.
인불감기우 회야불개기락 현재 회야

〖해설〗 공자께서 말씀하셨다. "어질다. 안회顔回여! 한 대그릇의 밥과 한
표주박의 음료로 누추한 시골에 있는 것을 다른 사람들은 그 근심
을 견디지 못하는데, 안회는 그 즐거움을 변하지 않으니, 어질다.
안회여!"고 하였다.

〖출전〗《논어》옹야雍也

● 에세이

공자가 살았을 당시에 공자의 제자들은 상류층의 사람들이었다.
왜냐면 많은 공자의 제자들이 노魯나라의 재상이 되기도 하고 읍재

邑宰가 되는 등의 활동상황을 보면 알 수가 있다.

그런데 안회顏回는 한 그릇의 도시락과 물 한 병의 음료를 먹으면서 하류층이 사는 시골에 있으면서도 편안한 마음으로 그곳의 생활을 즐겼으니, 이를 본 공자께서 안회를 칭찬한 말씀이다.

사람은 마음이 중요한 것이지, 사는 마을과 먹는 음식과 입는 옷이 중요한 것은 결코 아니다. 그러나 속인俗人들은 사람을 평하기를, 좋은 옷을 입고 좋은 차를 타고 부촌富村에서 사는 것을 높이 평가한다.

물론 돈을 많이 벌어서 부자가 되는 것도 힘든 일임은 두말할 필요가 없다. 그러나 요즘 불거진 성○종 사건을 접해보면, 뇌물로 돈을 벌어서 좋은 일 한다고 장학재단을 만들었다고 한다. 그러나 자원외교를 조사하는 과정에서 성 회장의 회사인 경남기업을 조사하니, 성 회장은 자기가 요로의 정치인에게 뇌물을 준 리스트를 공개하고 자살함으로 인하여 온 나라를 벌집 쑤신 것처럼 소란하게 만들었으니, 이런 사람들이 나라에 많이 있으면 나라는 망하는 것이다. 그래도 나라 안에는 의인義人들이 묵묵히 존재하기에 국가는 존재하는 것이다.

賢 : 어질 현　哉 : 어조사 재　回 : 돌아올 회　簞 : 대그릇 단　食 : 밥 사
瓢 : 표주박 표　飮 : 마실 음　陋 : 더러울 루　巷 : 골목 항　堪 : 견딜 감
憂 : 근심 우　改 : 고칠 개　樂 : 즐거울 락

49 子曰 孟之反은 不伐이로다 奔而殿하여 將入門할새
　　자왈 맹지반　　불벌　　　　분이전　　　장입문

策其馬曰非敢後也라 馬不進也라 하니라.
책기마왈비감후야　　마부진야

【해설】 공자께서 말씀하셨다. "맹지반孟之反은 자랑하지 않았다. 패주하
　　　여 후미에 처져 있다가 장차 도성 문을 들어오려 할 적에 말을 채
　　　찍질하며 '내 감히 〈용감하여〉 뒤에 있었던 것이 아니고 말이 전
　　　진하지 못한 것이다.'고 하였다.

【출전】 《논어》 옹야雍也

●에세이

　맹지반孟之反은 노魯나라 대부大夫니, 이름은 측側이다.

　사람은 누구나 자신을 내세우려고 한다. 또한 전쟁에 패하여 달
아날 때에는 맨 앞에서 달아나야 적의 화살에 맞지 않는데, 맹지반
은 전쟁을 하면서 패하여 달아나면서 맨 후미에 있다가 노魯나라의
성문에 들어올 적에는 말에 채찍을 가하면서 '내가 용감하여 뒤에
있은 것이 아니고, 말이 잘 달아나지를 못해서 뒤에 있는 것이다.'
고 말하였으니, 부자夫子께서는 이를 훌륭하게 보아 이곳에서 이를
말씀한 것이다.

　세상은 예나 지금이나 변칙을 일삼는 자들이 세상에 가득하다.
정도를 걸으면서 정당하게 세상을 살아가는 사람은 눈을 크게 뜨고

살펴보아도 찾을 수가 없는 실정이다.

요즘같이 문명이 발달한 세상에 살면서도, 혈연血緣과 지연地緣, 그리고 학연學緣으로 똘똘 뭉쳐서 자기네끼리 모든 이익을 챙기려고 하는 세상이다.

오죽하면 종합 변호사 사무실(로펌)에서 현직 검사장이나 법원장 등을 거친 검찰 고위 인사를 고문으로 앉히고 1년 연봉을 10억에서 20억을 주면서 사건을 맡기려고 하겠는가! 이는 모든 행위가 재판에 이기려고 하는 행위인데, 이렇게 많은 돈을 연봉으로 주면서 재판을 한다는 것은 결국에는 돈으로 재판을 이기려는 것이다. 그래서 유전有錢 승리 무전無錢 패배가 아니겠는가! 이런 정당하지 않은 승부는 유가儒家에서는 배격하는 것이다.

反 : 돌이킬 반 伐 : 자랑할 벌 奔 : 달아날 분 殿 : 뒤 전 將 : 장차 장
策 : 채찍질할 책 敢 : 감히 감 進 : 나갈 진

50 子曰 質勝文則野요 文勝質則史니 文質彬彬然後
자왈 질승문즉야 문승질즉사 문질빈빈연후
에 君子니라.
군 자

〖해설〗 공자께서 말씀하셨다. "질質(본바탕)이 문文(아름답게 꾸민 외관)을 이
기면 촌스럽고, 문文이 질質을 이기면 사史(겉치레만 잘 하는 것)하니,
문질文質이 적절히 배합된 뒤에야 군자君子이다." 고 하였다.

〖출전〗 《논어》 옹야雍也

● 에세이

야野는 야인野人이니, 비루하고 소략함을 말하고, 사史는 문서를
맡은 자이니, 견문이 많고 익숙하나 혹 성실함이 부족한 것이다. 빈
빈彬彬은 물건이 서로 석여서 적당한 모양이다.

배우는 자는 의당 유여有餘한 것은 덜어내고 부족한 것을 보충해
야 함을 말한 것이니, 덕德을 이룸에 이른다면, 그렇게 되기를 기약
하지 않아도 그렇게 될 것이다.

본문의 말씀은 현재도 많은 인구人口에 회자膾炙되는 말씀이다. 질
質은 질박한 것으로 꾸미지 않은 것이고 문文은 아름답게 꾸민 것이
니, 질質이 승하면 투박하고 문文이 승하면 너무 화려하다. 그러므로
이 둘이 서로 석여서 조화를 이룬 것이 문질빈빈文質彬彬한 것이니,
사람으로 말하면 이런 사람이어야 군자라 말할 수 있다는 것이다.

사람은 너무 꾸미지 않아서 투박해도 안 되고 너무 화려하게 꾸며서 현란하게 빛나는 것도 좋지 않은 것이다. 그러나 너무 많이 꾸며서 사람의 눈을 현란하게 만들기보다는 차라리 꾸미지 않은 투박한 것이 좋은 것이니, 그래서 뚝배기에 끓여 먹는 장맛이 좋은 것이다.

質 : 바탕 질　勝 : 이길 승　野 : 들 야　史 : 사기 사　彬 : 빛날 빈　然 : 그럴 연
後 : 뒤 후

51 子曰 人之生也直하니 罔之生也는 幸而免니라.
자 왈 인 지 생 야 직   망 지 생 야   행 이 면

[해설] 공자께서 말씀하셨다. "사람이 사는 이치는 정직한 것이니, 정직
하지 않으면서 사는 것은 요행으로 죽음을 면하는 것이다."라고
하였다.

[출전] 《논어》옹야雍也

● 에세이

금년은 봄에 비 같은 비가 오지 않아서 모래흙 위에 난 풀들은 모
두 볕에 타 들어갔다. 그러나 습한 땅에 뿌리를 내린 풀들은 금년 같
은 한발에도 무럭무럭 자란다. 이것이 천리이고 정직한 것이니, 사
람도 이와 똑같다는 것이다.

사람이 세상을 살아가는 이치는 정직하고 착하게 살아야 하는 것
이다. 그러므로 정직한 자만이 이 세상을 잘살게 된다는 것이고, 정
직하지 않으면서 잘 사는 것은 요행의 운수로 죽음을 면하는 것이
라는 공자의 말씀이다.

그러나 어찌 요행의 운수가 있겠는가! 필자가 생각하기로는 '요
행으로 면한 자'는 아마도 그의 뿌리인 조상의 음덕이 아직까지 그
후손에게 미치고 있으므로, 아직껏 잘살고 있는 것이 아닌가 생각

한다.

　그러므로 어떤 종교를 막론하고 '정직하게 살아라, 착한 덕을 많이 쌓아라.' 고 하지 않은가! 이는 음덕을 많이 쌓아서 뿌리를 튼튼하게 하는 것이니, 근원이 심원한 물은 항상 유유히 흐르고 뿌리가 깊은 가지는 항상 울창한 것이다. 사람도 이와 같지 않겠는가!

　直 : 곧을 직　罔 : 없을 망　幸 : 요행 행　免 : 면할 면

52 子曰 知之者 不如好之者요 好之者 不如樂之者
자왈　지지자　불여호지자　　호지자　불여락지자

니라.

〖해설〗 공자께서 말씀하셨다. "(도道를) 아는 자는 좋아하는 자만 못 하
고, 좋아하는 자는 즐기는 자만 못 하다."고 하였다.

〖출전〗《논어》옹야雍也

● 에세이

도道는 무엇인가! 사람이 가는 '길' 을 말하는데, 사람이 되어서
사람이 가는 길을 가야지, 짐승이 가는 길을 가면 안 되는 것이다.
그럼 사람이 가는 길은 무엇인가. 인의仁義의 길이니, 즉 이 세상을
사랑하고 올바르게 사는 것이다.

일례로, 봄날이 따뜻하고 남풍이 솔솔 불면 만물이 소생하고 쑥
쑥 자라는 것이니, 이런 날씨에는 활력이 넘치는 것이고 에너지가
생기는 것이다. 이러한 만물을 소생시키고 양육하는 기운이, 즉 사
랑이요, 인仁이요, 도道인 것이다.

그러므로 사람이 되어서 인仁하게 사는 것을 아는 것보다는 좋아
하는 것이 더 나은 것이고, 좋아하는 것보다는 즐기는 것이 더욱 나
은 것이라는 것이다.

우리가 하는 공부도 매한가지이다. 공부해야 한다는 것을 아는 것보다는 좋아하는 것이 낫고, 좋아하는 것보다는 즐기는 것이 더욱 나은 것이다.

즐겁게 하는 공부, 즐겁게 하는 일, 즐겁게 하는 사업 등은 좋아하는 것보다 한 층 더 능률이 오르고 성공할 확률도 높은 것이다.

知 : 알 지 著 : 놈 자 如 : 같을 여 好 : 좋아할 호 樂 : 즐길 락

53 樊遲問知(智)한대 子曰 務民之義요 敬鬼神而遠
번지문지지　　　자왈　무민지의　　경귀신이원

之면 可謂知矣니라.
지　가위지의

〖해설〗 번지樊遲가 지智에 대하여 물으니, 공자께서 말씀하셨다. "사람(民)
이 해야 할 의義에 힘쓰고 귀신을 공경하되 멀리한다면 지智라 말
할 수 있다."고 하였다.

〖출전〗《논어》옹야雍也

●에세이

번지樊遲는 공자의 제자이다.

공자는 제자들이 물으면 언제나 그 제자가 부족한 면을 들어서
말씀을 하시는데, 본문도 또한 번지가 부족한 지智에 대하여 대답하
신 것이다.

의義는 사람이 살아가면서 행동해야 할 올바른 일을 말하는데,
사람이 행동으로 옮겼을 때에 올바르게 행동하고, 그리고 귀신을
공경하되 멀리하는 것을 지혜 있는 사람이라 한다는 것이다.

이곳에서의 귀신鬼神은 하늘에 있는 신神을 신神이라 하고, 땅에
있는 신神을 귀鬼라 하는 것이니, 이 둘을 합하여 귀신이 되는 것이
다.

사실 귀신의 일을 사람은 잘 알지 못한다. 왜냐면 인간과 귀신은
가는 길이 다르므로, 사람은 귀신을 보지 못한다. 그렇기에 보이지

않는 것을 마치 보이는 것처럼 이야기할 수는 없으므로, 귀신은 공경하되 멀리해야 한다고 말씀한 것이다.

　이승에 살면서 저승을 말하는 종교가 많은데, 그러나 공자께서는 절대로 보이지도 않고 가보지도 않은 내세來世에 대해서는 한 번도 말씀하지 않았다. 왜냐면 말해봤자 믿을 수 없는 일이기에 말씀하지 않은 것이니, 만약 우리의 눈에 보이지 않는 귀신의 일을 말씀했다면, 후세에 이를 악용하여 돈을 벌려는 사람이 많았을 것이다. "공자 같은 위대한 성인도 말씀하지 않았느냐!"고 하면서 우매한 백성을 눈에 보이지 않는 귀신의 일을 핑계로 사기를 치는 자가 많아질 것은 불문가지이다.

樊 : 울타리 번　遲 : 더딜 지　問 : 물을 문　智 : 지혜 지　務 : 힘쓸 무
義 : 옳은 의　敬 : 공경 경　鬼 : 귀신 귀　神 : 귀신 신　遠 : 멀 원　謂 : 이를 위

54 子曰 知者는 樂水하고 仁者는 樂山이니 知者는 動
하고 仁者는 靜하며 知者는 樂하고 仁者는 壽니라.

〔해설〕 공자께서 말씀하셨다. "지자知者는 물을 좋아하고 인자仁者는 산을 좋아하니, 지자는 동적動的이고 인자는 정적靜的이며, 지자는 낙천적이고 인자는 장수한다."고 하였다.

〔출전〕《논어》옹야雍也

● 에세이

본문에 나오는 '즐겁다'는 낙樂자는 음악이라고 하면 악樂으로 쓰고, 요산樂山이라 하면 '좋아할 요'로 쓴다.

지자知者는 사리事理에 통달하여 두루 유통하고 막힘이 없어서 물과 비슷함이 있으므로 물을 좋아하고, 인자仁者는 의리義理를 편안히 여기고 중후하고 옮기지 않아서 산과 비슷함이 있으므로 산을 좋아하는 것이다.

"知者樂水 仁者樂山"은 요즘도 많은 사람들의 입에 회자膾炙되는 문장이니, 요즘 사람들이 여름에 해변에 나가서는 '지자요수知者樂水'라 소리 지르고, 산에 올라가서는 '인자요산仁者樂山'이라 소리를 지르는데, 과연 이 말씀이 그렇게 쉽게 말할 수 있는 말씀은 아니다.

물은 온 대지에 스며들어 만물을 소생시키고 또한 물길을 따라

흘러서 내와 강을 이루며, 결국에는 드넓은 바다를 이루는 것이 지자知者와 같은 것이고, 산은 중후하고 움직이지 않으며, 산은 모든 조수鳥獸와 초목을 품는 것이 인자仁者와 같아서 그렇게 부르는 것이다.

사람의 유형을 지자知者와 인자仁者로 구분할 수가 있는데, 지자知者는 몸이 마르고 성격이 깐깐하며, 인자仁者는 비교적 살이 오르고 성격은 둥글고 융통성이 있어서 후덕厚德한 면모를 드러낸다. 반면에 지자는 박학다식하고 박덕薄德한 면이 있으니, 지자는 항상 덕을 쌓으려고 노력해야 한다.

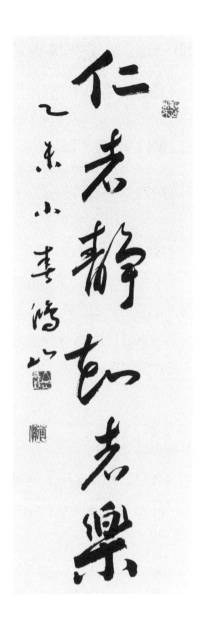

樂 : 즐거울 낙, 풍류 악, 좋아할 요   動 : 움직일 동   靜 : 고요할 정   壽 : 목숨 수

55 子曰 君子博學於文이요 約之以禮면 亦可以不畔
자 왈 군 자 박 학 어 문   약 지 이 례   역 가 이 불 반

(叛)矣夫인저.
반 의 부

〔해설〕 공자께서 말씀하셨다. "군자君子는 널리 문文을 배우고 예禮로써
요약한다면, 또한 도道에 어긋나지 않을 것이다." 고 하였다.

〔출전〕 《논어》 옹야雍也

● 에세이

문文은 문질빈빈文質彬彬[6]이라 하여 대략 문채를 말하는데, 이곳
에서는 학문을 말한다. 군자는 학문을 널리 배워야 하고, 예禮는 법
도를 말하니, 법도로써 배운 학문을 요약한다면 도道에 어긋나지 않
는다는 말이다.

이 문장은 '박문약례博文約禮'라는 문구文句로 현세에서 많이 회
자膾炙되는 용어이니, 우리 국어사전의 해석은 '널리 학문을 닦아
사리에 밝고 언행을 바로 하며 예절을 잘 지킴'이라고 되어 있으나
필자의 생각은 조금 다르니, '학문은 널리 배우고 그 배운 것을 유

---

6 문질빈빈文質彬彬 : 《논어論語》 옹야雍也에 "바탕이 문채를 압도하면 촌스럽게 되고,
문채가 바탕을 압도하면 겉치레에 흐르게 되나니, 문채와 바탕이 조화를 이룬 뒤에야
군자라고 할 수 있다.〔質勝文則野, 文勝質則史, 文質彬彬然後君子.〕"라는 공자의 말
이 실려 있다.

가儒家의 법도로써 요약한다.' 라고 했으면 한다.

　여하튼 '박문博文' 을 해야 하니, 옛적 선비는 유가儒家의 경서經書를 배우고 사서史書를 배우며, 다음에는 제자백가諸子百家를 다 읽었다고 한다. 이렇게 널리 공부를 한 뒤에 나에게 필요한 것을 걸러내어서 요약하여 내 것으로 만드는 것이니, 이 모든 학문이 인의예지仁義禮智에 어긋나지 않아야 하는 것이다.

博 : 넓을 박　學 : 배울 학　約 : 간략할 략　禮 : 에도 례　畔 : 두둑 반
叛 : 배반할 반

56 子曰 夫仁者는 己欲立而立人하며 己欲達而達人
　　　자왈　부인자　　기욕립이입인　　　　기욕달이달인

이니라.

〖해설〗 공자께서 말씀하셨다. "인자仁者는 자신이 서려고 함에 남도 서게
　　　　하며, 자신이 통달하려고 함에 남도 통달하게 한다." 고 하였다.

〖출전〗 《논어》 옹야雍也

●에세이

　인자仁者는 봄바람(따뜻한 바람)과 같은 사람이다. 봄바람이 어디
예쁜 사람에게만 부는가! 천지 우주 곳곳에 안 부는 곳이 없으니, 이
런 봄바람이 불면 어느덧 새 생명이 솟아나고 꽃이 피며 나비와 벌
이 날아다니는 정말 살기 좋은 세상이 되는 것이다.

　이와 같이 인자仁者는 사심이 없는 사람으로, 자기가 서려고 하면
남도 세워주고 자기가 통달하려고 하면 남도 통달하게 한다는 것이
다.

　바꾸어 말해서, 소인小人은 잘 나가는 사람은 주저앉히고 나만 서
려고 하고 남이 많은 돈을 벌려고 하면 무슨 수를 써서라도 날조하
고 무함誣陷해서 그를 주저앉힌 뒤에 자신이 그 돈을 벌어들인다.

　이러므로 인자仁者(大人)와 소인小人은 그 마음 씀씀이가 정 반대
가 되니, 국가를 책임진 대통령은 인자仁者로 세워야 국가도 잘 되

고 백성도 편안해지는 것이다. 조선의 임금 중에는 세종대왕이 인자仁者에 해당한다. 그렇기에 어린 백성들을 위해서 '훈민정음'을 만들어서 모든 백성이 글을 쉽게 배워서 세상을 잘 살 수 있도록 하였던 것이다.

　인자仁者는 농부의 마음과 같으니, 농부는 이른 봄에 씨를 뿌려놓고 새싹이 나오면 매일 나가서 보살핀다. 혹 물이 부족하면 물을 주고 비가 너무 와서 습기가 많으면 도랑을 내어서 습기를 제거하며, 거름이 부족하면 거름을 주고, 병에 걸리면 약을 주어서 그 병을 고쳐준다.

　이와 같이 인자仁者도 많은 백성들의 부족한 면을 도와주고 외부에서 오는 외적을 막아주어서 잘 살 수 있도록 하는 것이다.

己 : 몸 기　欲 : 하고자 할 욕　立 : 설 립　達 : 통달 달

술이편述而篇

57 子曰 述而不作하며 信而好古를 竊比於我老彭
　　　자왈　술이부작　　　　신이호고　　　절비어아노팽

하노라.

〖해설〗 공자께서 말씀하셨다. "전술傳述하기만 하고 창작하지 않으며 옛
　　　것을 믿고 좋아함을 내가 속으로 우리 노팽老彭[7]에 견주노라."고
　　　하였다.

〖출전〗《논어》술이述而

에세이

공자께서는 시경과 서경을 산삭刪削하고 예악禮樂을 정했으며 주

---

7 노팽老彭 : 상商나라의 어진 대부大夫니 대대례大戴禮에 보이는데, 대체로 옛것을 믿고
전술傳述한 사람이다.

역周易에 십익十翼을 붙이고 춘추春秋를 편수編修했으니, 모두 선왕의 옛것을 전하고 일찍이 창작한 것은 없었다.

'온고이지신(溫故而知新 : 옛것을 익히어서 새로운 것을 안다.)' 이라는 말이 있으니, 옛날의 지식을 배운 뒤에 새로운 지식을 배운다는 뜻으로, 사람은 반드시 옛것을 익혀서 옛 선현先賢들의 지혜를 배우고, 그리고 새로운 지식을 알면 옛것과 새로운 것이 합해져서 전혀 새로운 것이 나오는 것이다.

필자가 일찍이 몇십 년을 익힌 서예書藝도 이와 같으니, 먼저 예전의 서현書賢들의 글씨를 착실하게 임서臨書해서 모두 익힌 뒤에 자신의 창작을 하는 것이니, 이렇게 하면 많은 기교가 글씨 속에 들어있어서 보는 자의 안목을 빛나게 하고 관상자의 마음을 편안하고 흡족하게 하는 것이니, 서書나 학學이 모두 같은 것이다.

述 : 서술할 술 作 : 지을 작 信 : 믿을 신 竊 : 도적 절 比 : 건줄 비 彭 : 성 팽

58 子曰 德之不修와 學之不講과 聞義不能徙하며 不
자 왈 덕 지 불 수　　학 지 불 강　　문 의 불 능 사　　불

善不能改가 是吾憂也니라.
선 불 능 개　　시 오 우 야

〖해설〗 공자께서 말씀하셨다. "덕德이 닦여지지 않음과 학문이 강습講習
되지 못함과 의義를 듣고 옮겨가지 못함과 불선不善을 고치지 못
하는 것이 바로 나의 걱정거리이다."고 하였다.

〖출전〗 《논어》 술이述而

●에세이

공자 같은 성인聖人도 걱정거리가 있었으니, 그것이 무엇인가! 하
면 더 많은 덕을 닦으려고 노력하고 학문을 강습하여 제자들을 깨
우치지 못하는 것과, 의義로운 말을 듣고 나도 그렇게 하지 못하는
것과, 착하지 않은 것을 고치지 못하는 것을 늘 걱정했다는 것이다.

《명심보감》에 보면, '견선여갈(見善如渴 : 착함을 보거든 목마른 것같
이 한다.)' 이라는 말이 있다. 이와 같이 좋은 일은 하지 못해서 안달
하는 것이고 착하지 못한 것은 고치지 못해서 안달하는 것이니, 세
상을 이렇게 살면 하늘에서 많은 복을 내려줄 것은 명확관화明確觀
火한 것이다.

사실 성인聖人은 덕이 닦이지 않음도 없고 불선不善한 것도 없다.

그러면 왜 이런 말씀을 했을까! 그것은 우매한 후학들을 위해서 마치 성인도 일반인과 같이 그렇게 행동하는 것처럼 보인 것일 뿐이다.

농부가 보기에 밭이 메마르면 빨리 물을 주는 것이고 곡식에 거름이 없어서 크지 않으면 급히 거름을 주는 것이니, 성인聖人도 농부처럼 착함을 보면 어서 가서 하고 싶어 하는 것이다.

德 : 큰 덕 修 : 닦을 수 學 : 배울 학 講 : 강할 강 聞 : 들을 문 義 : 옳을 의
徙 : 옮길 사 改 : 고칠 개 憂 : 근심 우

59 子曰 甚矣라 吾衰也여 久矣라 吾不復夢見周公
　　　자왈 심 의 　오쇠야 　구 의 　오불부몽견주공

이로다.

【해설】 공자께서 말씀하셨다. "심하도다. 나의 쇠함이여! 오래되었다. 내
　　　　다시는 꿈속에서 주공周公을 뵙지 못하였다."고 하였다.

【출전】《논어》술이述而

● 에세이

　공자께서 그렇게 늘 사모하고 그리워하며 꿈속에서라도 뵙고자
했던 주공周公은 누구인가. 이름은 단旦이니, 주周나라 서백西伯 즉
문왕文王의 아들이며 무왕武王의 동생이다.

　그는 무왕과 무왕의 아들 성왕成王을 도와 주 왕조의 기초를 확립
하였으니, 무왕이 죽은 뒤에 나이 어린 성왕이 제위帝位에 오르자
섭정攝政을 하였는데, 당시 상족商族을 이끌고 있던 주왕紂王의 아
들 무경武庚과 주공의 동생 관숙管叔과 채숙蔡叔 등이 동이東夷와 결
탁하여 대반란을 일으켰다. 주공은 소공召公과 협력하여 이 난을 진
압하고 다시 동방을 원정遠征하여 하남성河南省 낙양洛陽 부근 낙읍
洛邑에 진鎭을 설치하였다.

　주공은 상족商族을 회유하기 위하여 상商의 고지故地(商丘)에 주
왕紂王의 형 미자 계微子啓를 봉하여 송宋이라 칭하고, 아들 백금伯

禽을 노魯(曲阜)나라에 봉封하는 등 주 왕실의 일족과 공신들을 중원中原의 요지에 배치하여 다스리게 하였고, 주초周初의 대봉건제大封建制를 실시하여 주 왕실의 수비를 공고히 하였다. 한편, 예악禮樂과 법도法度를 제정하여 주 왕실 특유의 제도문물制度文物을 창시하였다. 그는 중국 고대의 정치·사상·문화 등 다방면에 공헌하여 유교에 의해 성인聖人으로 존숭되고 있다. 저서에 《주례周禮》가 있다.
(두산백과)

공자는 옛적 성군聖君인 요순堯舜과 하夏나라의 우禹왕과 은殷나라의 탕湯왕과 주周나라의 문왕文王과 주공周公의 법통을 이은 사람이다. 특히 주공을 항상 사모했다고 한다. 그런데 노쇠한 몸이 되고 보니, 이제는 주공이 꿈에도 보이지 않는다고 탄식한 말씀이다.

甚:심할 심　矣:어조사 의　衰:쇠할 쇠　久:오랠 구　復:다시 부　夢:꿈 몽
周:나라 주　公:귀 공

60 子曰 志於道하며 據於德하며 依於仁하며 游於藝니라.
　　　자 왈 지 어 도 　　　거 어 덕 　　　의 어 인 　　　유 어 예

【해설】 공자가 말씀하셨다. "도道에 뜻을 두고, 덕德을 굳게 지키며, 인仁
　　　을 따르며, 육예六藝에 노닐어야 한다." 고 하였다.

【출전】《논어》술이述而

●에세이

　사람이 이 세상에 태어나면 원대한 포부를 가져야 한다. 누구는
대통령이 되고, 누구는 장관이 되고, 누구는 법관이 된다고 하는데,
가장 큰 포부는 도道에 뜻을 두는 것이다. 도에 뜻을 두는 것은 사람
으로서 사람다운 삶을 사는 것이다.

　덕德은 도道를 행해서 마음에 얻는 것이니, 도道를 마음에 얻고
잘 지켜서 잃지 않는다면 처음과 끝이 한결같아서 날로 새로워지는
공부가 될 것이다.

　인仁은 사욕私慾을 모두 제거해서 심덕心德이 온전한 것이다. 공
부가 여기에 이르면 밥 한 그릇을 먹는 사이라도 인仁을 떠남이 없
게 되고 존양存養[8]이 익숙해져서 가는 곳마다 천리天理가 유행流行
되지 않음이 없을 것이다.

　유游는 사물을 완상하여 성정性情에 알맞게 하는 것이고, 예藝는

---

8 존양存養 : 본마음을 잃지 않도록 착한 성품을 기름.

곧 예禮, 악樂의 문文과 사射, 어御, 서書, 수數의 법이니, 모두 지극한 이치가 들어있어서 일상생활에 빼놓을 수 없는 것이다. 조석으로 육예六藝에 노닐어서 의리義理의 취미를 넓힌다면 사무事務를 대응함에 여유가 생기고 잃어버리는 일이 없을 것이다.

'유어예游於藝'라는 문장을 요즘 서예가들이 즐겨 써서 작품을 만드는데, 거의 서가書家들이 이해하기는 '예술에 노닌다.'이다. 그러나 공자께서 말씀하신 뜻은 육예六藝에 노니는 것을 말한다.

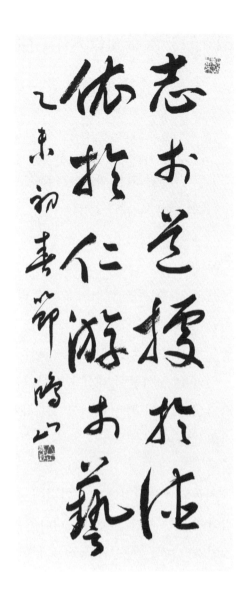

志:뜻 지 據:웅거할 거 德:큰 덕 依:의지할 의 游:노닐 유 藝:재주 예

61 子曰 飯疏食飲水하고 曲肱而枕之라도 樂亦在其
　　자왈　반소사음수　　　곡굉이침지　　　낙역재기

中矣니 不義而富且貴는 於我에 如浮雲이니라.
중의　　불의이부차귀　　어아　　여부운

【해설】 공자께서 말씀하셨다. "거친 밥을 먹고 물을 마시며 팔을 굽혀 베
고 자더라도 즐거움이 또한 그 가운데 있으니, 의롭지 못하고서
부富하고 또 귀貴함은 나에게 뜬구름 같으니라." 고 하였다 .

【출전】 《논어》 공야장公冶長

●에세이

　불의不義한 돈을 벌어서 으리으리한 고대광실에 살고 기름진 음
식을 먹고 멋있는 옷을 입기보다는 의롭게 살면서 거친 밥을 먹고
물을 마시면서 팔을 베고 자는 것이 훨씬 즐겁다는 말씀이다.

　위의 글은 사람이 세상을 살아가는 데는 의롭게 사는 것이 중요
하지, 불의하게 돈을 벌어서 부귀하게 되는 일은 하지 않겠다는 공
자의 말씀이다.

　지금도 우리나라에서 손가락에 꼽히는 부자가 불의를 저지르고
감옥에 있는 자가 한둘이 아니다. 왜 이런 일이 반복되어 일어나는
것인가! 그것은 사람의 욕심은 끝이 없는 것이므로 욕심에 정신이
혼몽하게 되어서 그렇게 되는 것인데, 만일 부자들이 일찍이 《논
어》의 이 말씀을 알았다면 감옥에도 들어가지 않고 그 많은 돈도 소

유한 행복한 부자가 되었을 것이다.

　고려 말에 활동하던 최영 장군의 노래에 '황금을 보기를 돌같이 하라.' 라는 구절이 있는데, 이는 본문本文과 딱 들어맞는 말씀으로, 사람이 이 세상을 살아가면서 인의仁義를 앞세워야지 황금을 앞세우면 안 되는 것이니, 자칫 황금에 눈이 어두우면 죄악에 빠져서 감옥으로 가기가 쉬운 것이다.

　飯 : 밥 반　疏 : 거칠 소　食 : 밥 사　飮 : 마실 음　曲 : 굽을 곡　肱 : 팔뚝 굉
　枕 : 베개 침　樂 : 즐거울 낙　富 : 부자 부　貴 : 귀할 귀　浮 : 뜰 부　雲 : 구름 운

62 子曰 加(假)我數年하여 五十(卒)以學易이면 可以
　　　자왈　가 가 아 수 년　　　오 십 졸 이 학 역 　이면　 가 이

無大過矣리라.
무 대 과 의

〖해설〗 공자께서 말씀하셨다. "(하늘이) 나에게 몇 년의 수명을 빌려주어
　　　　마침내 《주역》을 배우게 한다면 큰 허물이 없을 것이다."고 하였
　　　　다.

〖출전〗 《논어》술이述而

●에세이

　원문의 五十은 졸卒자의 오자誤字이다.

　《주역》을 배우면 길흉吉凶, 소장消長의 이치와 진퇴進退, 존망存亡
의 도道가 밝아진다. 그러므로 큰 허물이 없을 것이다. 이는 성인聖
人이 역리易理의 무궁함을 깊이 관찰하시고, 그리고 이 말씀으로 사
람을 가르치면서 《주역》을 배우지 않으면 안 되고, 또한 쉽게 배울
수 없음을 말씀한 것이다.

　공자는 평생 '위편삼절韋編三絕'[9]이 되도록 《주역》을 연구했는데
도 이곳에서 '하늘이 나에게 몇 년을 빌려주어 《주역》을 배운다면

---

9 위편삼절韋編三絕 : 공자가 평생동안 가죽으로 맨 책의 끈이 세 번이나 끊어지도록 주
역을 보았다는 이야기이다.

대과大過는 없을 것이다'고 했으니, 주역이 얼마나 심오하고 중요한 책인지를 깨닫게 해주는 문장이다.

그러나 《주역》은 점서占書이기에 자칫 이를 잘못 이해하면 인생을 망칠 수도 있으므로 조선의 학자들은 《주역》을 잘 가르치지 않았다고 한다.

《주역》은 뜻이 양면으로 되어 있으니, 하나는 천리天理로 되어 있고 하나는 점서占書로 되어 있어서 후학들이 《주역》을 배우면서 어떤 이는 천리天理를 배우고, 어떤 이는 점占을 배운다.

고대에는 앞날의 삶이 매우 암울했으므로, 미리 점을 쳐서 장차 찾아올 불상不祥한 일을 제거해야 했으니, 이런 때에 《주역》으로 점을 쳐서 장차 찾아올 액운을 미리 제거했던 것이다.

加 : 더할 가 假 : 빌 가 數 : 셈 수 卒 : 마침 졸 學 : 배울 학 過 : 허물 과

63 子曰 女奚不曰 其爲人也 發憤忘食하고 樂以忘憂
　　 자왈 여해불왈 기위인야 발분망식　　　낙이망우

하여 不知老之將至云爾오.
　　 부지노지장지운이

〖해설〗 (섭공이 공자의 인물됨을 자로한테 물었는데, 자로가 대답하지 않
　　　　 았다.) 그래서 공자가 말씀하셨다. "너는 어찌하여 그의 사람됨이
　　　　 (알지 못하면) 분발하여 먹는 것도 잊고 (깨달으면) 즐거워 근심을
　　　　 잊어서 늙음이 장차 다가오는 줄도 모른다고 말하지 않았느냐."
　　　　 고 하였다.

〖출전〗 《논어》 술이述而

● 에세이

　공자는 세상을 살아가면서 알지 못한 것이 있으면, 그것을 알려
고 분발하여 음식 먹는 것도 잊고, 또 깨달으면 즐거워서 근심을 잊
고 늙음이 앞으로 다가오는 것도 알지 못한다고 하였으니, 얼마나
학문에 열중하였는가를 알 수가 있는 대목이다. 이러한 것을 호학
好學한다고 하는 것이다.

　후학으로서 이를 본받아서 일생을 산다면 모두 철인哲人이 될 것
은 명확관화한 일이다. 그러나 모든 사람이 마음은 굴뚝같지만 실
행에 옮기기가 어려워서 그렇게 하지 못하는 것이다.

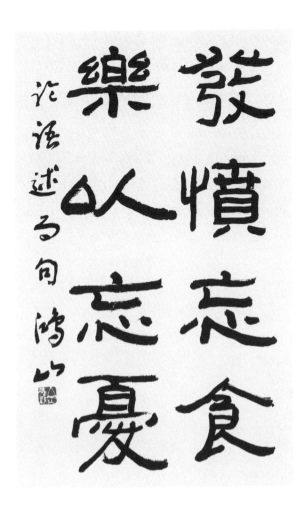

　우리가 살아가는 인생은 100살 인생이라고 하는데, 우리나라의 평균 나이는 81.9세라고 한다. 결코 작은 나이가 아니고 작은 세월이 아닌 것이다.

　학문을 하다가 한때 사잇길로 빠졌다 해도 다시 돌아와서 학문을 할 시간적 여유가 있고, 그리고 한때 사업에 실패했어도 다시 일어나 도전할 시간적 여유가 얼마든지 있는 세월이 아닌가! 또한 부족한 것이 있으면 그때그때 채우면서 살아갈 수 있는 시간이 있는 것이다.

필자는 초등학교와 대학원만 정상적으로 학교에 다니면서 공부를 했고 그 외의 과정은 필자가 채워서 넣은 것이다. 그러므로 지금도 고희를 바라보는 나이에 책상 앞에서 책을 쓰고 수필을 쓰지 않는가!

奚 : 어찌 해　發 : 필 발　憤 : 분할 분　忘 : 잊을 망　食 : 먹을 식　憂 : 근심 우
將 : 장차 장　至 : 이를 지　爾 : 어조사 이

64 子는 不語怪力亂神이러시다.
자 불 어 괴 력 난 신

【해설】 공자께서는 "괴이한 용력勇力과 패란悖亂과 귀신鬼神을 말씀하지
않으셨다."고 하였다.

【출전】 《논어》 술이述而

● 에세이

괴이한 일과 용맹함과 패란悖亂함은 올바른 이치가 아니니 성인
께서 말씀하지 않은 것이고, 귀신은 조화로운 자취이니 비록 바르
지 않은 것은 아니나, 궁리窮理함이 깊지 않으면 쉽게 밝힐 수 없기
때문에 가볍게 말하지 않는 것이다.

사량좌謝良佐가 말했다. "성인聖人은 평상의 일을 말씀하고 괴이
함을 말씀하지 않으며, 덕德을 말씀하고 힘을 말씀하지 않으며, 다
스려짐을 말씀하고 패란悖亂의 일을 말씀하지 않으며, 사람의 일을
말씀하고 귀신의 일은 말씀하지 않는다."고 하였다.

성인聖人은 범인이 눈으로 확인이 가능한 이 세상의 일을 중시하
지, 사람의 눈으로 확인이 불가능한 귀신의 일은 말씀하지 않은 것
이니, 만약 눈에 보이지 않고 확인할 수도 없는 귀신의 일에 많은 말
을 한다면 범인凡人은 혼란이 와서 이 세상을 살아가는데 막대한 폐
해가 오는 것이므로 가능하면 말씀하지 않은 것이다.

필자가 어렸을 때인 1950~1960년대에는 귀신 이야기가 참으로 많았다. '뒷간에 차일遮日 귀신이 있어서 어린이가 볼 일을 볼 때에 귀신이 차일로 감싸면 어두워서 보이지 않는다.' 고 하고, '어떤 사람이 외출했다가 밤에 집으로 돌아오는데 도깨비를 만나서 씨름을 하여 도깨비를 넘어뜨리고 밧줄로 꽁꽁 묶어두고 집에 와서 잠을 잔 뒤에 다음 날 아침에 가보니, 빗자루가 밧줄에 묶여있었다.' 고 하는 허무맹랑한 이야기를 많이 들은 것으로 생각한다.

이런 허무맹랑한 이야기를 공자께서는 하지 않았다는 것이니, 참으로 오늘의 현실에도 부합하는 말씀이 아닌가!

語 : 말씀 어　怪 : 괴이할 괴　亂 : 어지러울 란　神 : 귀신 신

65 子曰 三人行에 必有我師焉이니 擇其善者而從之
요 其不善者而改之니라.

〔해설〕 공자께서 말씀하셨다. "세 사람이 길을 감에 반드시 나의 스승이
있으니, 그중에 선善한 자를 가려서 따르고 불선不善한 자를 가려
서 잘못을 고쳐야 한다."고 하였다.

〔출전〕 《논어》 술이述而

●에세이

세상을 살다 보면 배울 점이 많은 사람이 있다. 이런 사람을 만나
면 항상 그 사람의 옆에 있으면서 그의 행세와 처세를 배우려고 노
력해야 한다.

필자는 명동에 있는 '한서대학교 고전연구소'에서 일평一平 조
남권趙南權 선생께 한문을 배웠는데, 일평 선생님은 너무 겸손하시
었다. 그래서 그곳에서 겸손함을 배웠고, 동방서법탐원회에서 동료
청산靑山 안병철安秉喆 선생을 만났는데, 청산 선생은 처세에 능해
서 어떠한 경우에도 무리함이 없었다. 그래서 청산 선생께 처세술
을 많이 배웠다.

또한 서암瑞巖 김희진金熙鎭 선생은 평생을 무보수로 후학을 가르
쳤으므로, 필자는 선생을 사숙私淑하면서 선생의 학문봉사를 배웠
고, 유정기柳正基 선생께서는 박정희 대통령이 한글전용정책을 시

행하니, 한글의 75%가 한문의 용어인데 한글전용을 하면 고학력 문맹이 나온다고 주장하고 분연히 일어나 정부를 상대로 소송을 걸었는데, 그 사건으로 교수직에서 물러났고, 그 뒤로 수십 년 동안 소송을 계속했으며 필자는 선생님께 예기禮記를 배웠는데, 이때에 선생님의 불굴의 의지와 겸손과 후학을 가르치면서 보수에 개념하지 않는 의義로움을 배우게 되었다.

본문의 부자夫子의 말씀은 이렇게 배우라는 말씀이 아닌가 한다.

必:반드시 필 我:나아 師:스승 사 焉:어찌 언 擇:가릴 택 善:착할 선
從:다를 종 改:고칠 개

66 子曰 聖人을 吾不得而見之矣어든 得見君子者면
자왈 성인 오부득이견지의 득견군자자

斯可矣요 善人을 吾不得而見之矣어든 得見有恒
사가의 선인 오부득이견지의 득견유항

者면 斯可矣니라.
자 사가의

【해설】 공자께서 말씀하셨다. "성인聖人을 내가 만나볼 수 없으면 군자君
子라도 만나볼 수 있으면 괜찮고, 선인善人을 내가 만나볼 수 없으
면 항심恒心이 있는 자를 만나면 이것도 괜찮다."고 하였다.

【출전】 《논어》 술이述而

● 에세이

사람이 이 세상을 살아가면서 귀인을 만나야 나의 인생도 펴지는
데, 귀인을 만나지 못하면 누가 와서 도와주지 않아서 참으로 팍팍
한 삶을 살게 되는 것이다. 그러므로 이토정 선생께서는《토정비
결》에서 '남쪽으로 가면 귀인을 만날 것이다.' 또는 '○월 ○일에
서쪽에서 귀인을 만날 것이다.'고 한 것이 아닌가!

공자께서는 "사람이 당세에 살면서 성인聖人을 만나는 것이 가장
좋은 것인데, 성인을 만나지 못하면 군자君子라도 만나면 괜찮고,
선인善人을 만나지 못하거든 항심恒心이 있는 자라도 만나면 괜찮
다."고 하시었으니, 결론은 좋은 사람을 만나는 것이 좋다는 것이
다.

항심恒心이 무엇인가! 국어사전에는 '변함없이 늘 지니고 있는 떳떳한 마음.' 이라고 하였으니, 조변석개朝變夕改하는 그런 마음이 아니고 언제나 불변하는 곧은 마음을 항심이라고 생각한다. 선인善人을 만나지 못하거든 항심을 가진 사람이라도 만나는 것이 좋겠다는 공자의 말씀이고 바람인 것이다. 이런 좋은 사람을 만나야 나의 인생 항로가 평탄하고 안일하다는 말씀이다.

聖 : 성인 성 得 : 얻을 득 斯 : 이 사 恒 : 항상 항

67 子疾病이어시늘 子路請禱한대 子曰有諸아 子路對
　　　　자 질 병　　　　　　자 로 청 도　　　　　자 왈 유 저　　　자 로 대

　　曰有之하니 誄曰 禱爾于上下神祇라 하나이다. 子曰
　　　왈 유 지　　　뢰 왈　도 이 우 상 하 신 기　　　　　　자 왈

　　丘之禱久矣니라.
　　　구 지 도 구 의

〖해설〗 공자께서 병환이 위중하신데, 자로가 기도할 것을 청하였다. 공자
　　　께서 "이런 이치가 있는가!" 하고 묻자, 자로가 대답하기를, "있습
　　　니다. 뇌문誄文[10]에 '너를 상하의 신기神祇에게 기도하였다' 고 하였
　　　습니다." 하니, 공자께서 "나는 기도한 지가 오래이다." 고 하셨다.

〖출전〗 《논어》술이述而

●에세이

　본문에서 '상하의 신기神祇에 기도한다.' 라 했는데, 이는 천지의
신에게 기도한다는 말씀이다. 공자의 부친 숙량흘이 이구산에 가서
기도하고 공자를 낳았다고 하니, 기도는 매우 중요한 것이다.

　공자께서 병환이 위중하자 제자인 자로가 '기도를 하시지요.' 라
하니, 공자께서 '기도하면 병이 낫는 이치가 있느냐!' 하였고, 자로
는 "뇌문에 '천지의 신에게 기도한다.' 고 하였습니다."고 하니, 공
자께서 "나(丘)는 기도한 지 이미 오래되었다."고 하였다.

---

10 뇌문誄文 : 죽은 사람의 생전 공적을 찬양하고 슬퍼하는 뜻을 나타내는 노래.

본문에서 가장 중요한 부분이 "나(丘)는 기도한 지 이미 오래되었다."인데, 기도라는 것은 원래 허물이 있을 때에 하는 행위인데, 공자 같은 성인은 행위가 이미 신명神明에 부합하므로 특별히 기도할 필요는 없고 평상시의 행동이 이미 기도하는 것과 같기에 '내가 이미 기도한 지가 오래되었다.'고 한 것이다.

오늘날 종교인들은 매일매일 자기 가정이 잘되고, 자식도 잘되고, 손자도 잘되게 해달라고 기도하는데, 이는 구복求福적인 기도에 불과하고, 이런 기도는 기도 중에서 가장 저급한 기도에 불과한 것이다.

올바른 기도는 우선 자신의 몸을 정결하게 하고, 기도 내용은 국가가 잘되고, 사회가 잘되고, 남이 잘되게 해달라고 하는 등 이타利他의 기도여야 올바른 기도인 것이다. 그리고 자신이 잘되고 잘 안되는 것은 자신의 행위에 달려있는 것이니, 자신이 적선積善을 많이 하였으면 자연적으로 앞날에 좋은 일이 있을 것이라고 《주역》의 문언文言에 공자께서 말씀해 놓았다.

疾:병 질 病:병 병 路:길 로 請:청할 청 禱:빌 도 對:대할 대
誄:뇌사 뢰 爾:너 이 祇:땅귀신 기 丘:언덕 구

68 子曰 奢則不孫(遜)하고 儉則固니 與其不遜也론 寧
　　　자왈　사　즉　불　손　손　　　검　즉　고　　　여　기　불　손　야　　　영

固니라.
고

〖해설〗 공자께서 말씀하셨다. "(사람이) 사치하면 공손하지 못하고 검소
　　　　하면 고루하니, 공손하지 못하기보다는 차라리 고루하여야 한
　　　　다."고 하였다.

〖출전〗 《논어》 술이述而

●에세이

　배금拜金주의가 팽배한 오늘날에는 교만하고 공손하지 못한 자
들이 세상에 꽉 차있다. 이들은 비싼 외제 차를 타고 다니면서 낮에
는 골프장에 가서 골프를 치고, 밤에는 고급술집에 가서 비싼 음식
을 먹으면서 어여쁜 아가씨들의 서비스를 받는다. 그러므로 자신의
위에 누가 있는지를 모른다.

　이런 자들은 자신이 부모의 유산으로 잘 사는 것을 모르고 자신
이 잘나서 잘 사는 줄로 안다. 그리고 돈이 없는 사람의 사정을 잘
모르고 함부로 무시하고 야유한다. 그렇기에 공자께서는 사치하여
공손하지 않은 것보다는 차라리 검소하여 고루한 것이 낫다고 하였
다.

　사람이 이 세상을 살아가는 데는 남과 더불어 살아가는 것이니,

나를 생각하는 것처럼 남도 생각하면서 살아야 하는 것이다.

요즘 길을 걸어가노라면 길가에 버린 쓰레기가 많은데, 이는 나만 생각하고 남은 생각하지 못하는 바보들의 행위라고 해야 할까! 왜 담배는 피울 줄 아는데 담배꽁초는 길가에 버리며, 커피는 마실 줄 알면서 왜 다 먹은 커피 잔은 길가에 버리는가! 내가 버리면 누군가가 다시 주워서 버려야 한다는 것을 모르는가! 이런 행위가 모두 공손하지 못하고 사려 깊지 못한 교만한 자들의 행위가 아닌가!

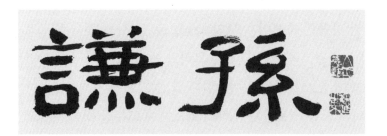

奢 : 사치 사 孫 : 손자 손 遜 : 공손 손 儉 : 검소할 검 固 : 고루할 고
寧 : 차라리 영

태백편泰伯篇

69 子曰 泰伯은 其可謂至德也已矣로다 三以天下讓
자왈 태백 기가위지덕야이의 삼이천하양

호되 民無得而稱焉이온여.
민무득이칭언

〖해설〗 공자께서 말씀하셨다. "태백泰伯[11]은 지극한 덕德이라고 이를 만
하다. 세 번 천하를 사양하였으나, 백성들이 그 덕을 칭송할 수 없
게 하였구나!" 고 하였다.

〖출전〗 《논어》 태백泰伯

11 태백泰伯 : 태백은 주周 나라 태왕太王의 장자長子니, 그는 태왕이 막내 아우인 계력에
게 전위傳位하려는 뜻이 있음을 알고, 둘째 아우 중옹과 함께 머리를 깎고 문신文身
한 다음 형만荊蠻 지방으로 도망하였다. 그 결과 계력이 왕위를 계승하였으며 문왕
과 무왕을 거쳐 주나라는 천하 통일의 위업을 달성하였다.

●에세이

당시는 은殷나라가 제왕의 국가이고, 주周는 제후의 국가였으므로, 태백의 아버지 태왕太王이 은殷을 치려고 하니 태백이 제후가 제왕을 칠 수 없다는 명분으로 반대하였고, 부친인 태왕이 셋째 아우인 계력季歷에게 왕위를 물려주려는 마음이 있음을 알고 둘째인 중옹仲雍과 같이 형만으로 달아났고, 결국 계력이 왕위를 받아서 아들 문왕에게 넘겨주어서 천하의 3분의 2를 차지하게 하였으며, 그 아들 무왕이 은殷을 쳐서 천하를 통일하게 하였다.

우리나라 조선의 양녕대군도 효령대군과 함께 세자의 지위를 사양하여 세종世宗이 즉위하게 하였으므로, 성군聖君인 세종의 시대가 열린 것이다. 만약 첫째인 양녕대군이 양보하지 않았다면 조선에 세종은 없을 것이니, 따라서 훈민정음도 없을 것이므로, 양녕대군도 본문의 태백만큼 훌륭한 사람이다.

세종의 아들 수양대군은 단종을 폐위시키고 왕이 되었으니, 양녕대군과 정반대의 행위로 왕이 된 사람이다. 그러므로 사육신死六臣과 생육신生六臣이 생기었고, 이때에 많은 의인義人이 목숨을 잃었고 적거謫居하게 되었다. 수양대군은 뒤에 온몸에 종기가 생기어서 간지러워서 견디지 못하는 질병에 걸렸다고 하니, 결국 그 죄를 받은 것인가!

공자께서는 태백을 의인義人으로 여기고 지덕至德을 갖춘 사람으로 존중하였던 것이다.

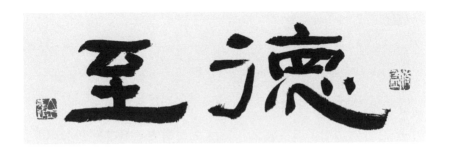

泰:클 태 伯:맏 백 德:큰 덕 讓:사양 양 得:얻을 득 稱:일컬을 칭

70 子曰 學如不及이요 猶恐失之니라.
자 왈 학 여 불 급　　 유 공 실 지

〖해설〗 공자께서 말씀하셨다. "배움은 미치지 못하는 것같이 하고 오히
　　　　 려 그것을 잃을까 두려워해야 한다."고 하였다.

〖출전〗《논어》태백泰伯

● 에세이

　배움에는 따라가지 못하는 것 같아서 더욱 열심히 공부하고, 이
미 배운 것은 잃어버릴까를 걱정해서 열심히 복습한다는 말씀이다.

　사람의 두뇌는 모두 다르니, 어떤 사람은 잘 외우지는 못하나 한
번 외우면 잊지 않는 사람이 있고, 그리고 어떤 이는 외우기는 잘하
나 잊기도 잘하는 자가 있는데, 필자는 후자에 속한다. 그래서 잊지
않으려고 읽고 또 읽는다.

　들리는 말에 의하면, 전에 양주동 박사가 한 번 외운 것은 절대로
잊지 않았다고 한다. 한 번은 제자가 무엇을 문의하니, 그것은 ○○
책의 몇 페지에 있으니 떠들어보라고 하기에 그 책을 찾아보니 딱
들어맞았다는 일화를 들은 적이 있다.

　이렇게 사람들의 재주가 다양하니, 항상 자기의 장점을 보존하고
단점을 보완하면 반드시 성공할 것이다. 공자 같은 성인도 한 번 배
운 것은 잊지 않으려고 노력하지 않았는가!

그러므로 《논어》의 처음을 학이시습(學而時習 : 배우고 그리고 때때로 익힘)으로 시작하여 배움의 중요함을 강조하였다.

사람이 이 세상에 태어나면 우선 공부를 해야 한다. 공부를 하지 않으면 사람다운 사람이 되지 못한다. 그러면 어떤 사람이 사람다운 사람인가! 우선 충효忠孝와 인의예지仁義禮智를 배워서 인륜人倫을 알고, 그리고 천지가 돌아가는 이기理氣를 알아서 세상의 변화에 먼저 대처해서 사람들의 위급함을 구할 수 있어야 하는 것이다. 배우는 것은 결국 국민이 잘

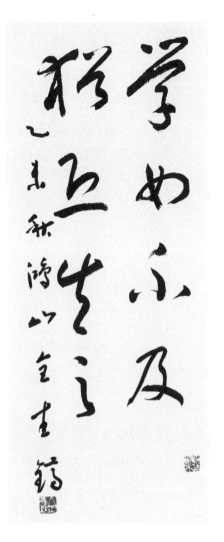

사는 나라를 만들어서 다 같이 잘살자는 것이다.

學 : 배울 학　及 : 미칠 급　猶 : 오히려 유　恐 : 두려울 공　失 : 잃을 실

71 子曰 三分天下에 有其二하사 以服事殷하시니 周之
자왈 삼분천하 유기이 이복사은 주지

德은 其可謂至德也已矣로다.
덕 기가위지덕야이의

〖해설〗 공자께서 말씀하셨다. "세상(중국)을 셋으로 나눔에 그 둘을 소유
하고도 복종하여 은殷을 섬겼으니, 주周의 덕은 지극한 덕이라 이
를 만하다."고 하였다.

〖출전〗《논어》태백泰伯

●에세이

　《춘추좌전》에는, "문왕이 은殷을 배반한 나라를 거느리고 주왕紂
王을 섬겼다." 하였으니, 천하에서 문왕에게 귀속한 주州가 여섯이
니, 형주荊州, 양주梁州, 예주豫州, 서주徐州, 양주揚州이고, 오직 청주
青州, 연주兗州, 기주冀州 만이 아직도 은殷의 주왕紂王에게 소속되어
있었다.

　범조우范祖禹가 말하였다. "문왕文王의 덕은 충분히 은나라를 대
신할 만하여 하늘이 주고 백성들이 귀의하였는데도 마침내 쳐서 취
하지 않고 복종하여 섬기었으니, 이 때문에 지극한 덕이 되는 것이
다."고 하였다.

　나라가 한 번 세워지면 처음에는 정치를 잘하여 백성들이 편안히
사는 세상을 만들지만, 후대로 내려가면서 왕도 그 자손으로 바뀌

는데, 혹 자질이 부족한 사람이 왕위를 계승하면 아첨하는 신하들이 등장하여 나라를 파국으로 몰고 가는데, 은殷의 주왕紂王 시대가 이런 시대였다고 보면 된다.

그러므로 은殷나라의 시대는 점차 저물고 새로 등장한 주周나라의 시대가 열리는 것이다. 그러나 주周나라라고 해서 영원히 가는 것이 아니고 반드시 쇠퇴하는 때가 있으니, 공자의 시대가 주周의 쇠퇴기였다.

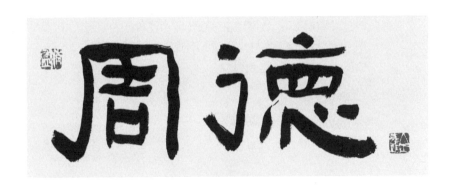

服 : 복종할 복 事 : 섬길 사 殷 : 은나라 은 周 : 주나라 주 德 : 큰 덕
謂 : 이를 위 至 : 지극할 지

자한편子罕篇

72 顔淵이 曰 夫子循循然善誘人하사 博我以文하시고
안 연 왈 부 자 순 순 연 선 유 인   박 아 이 문

約我以禮하시니라.
약 아 이 예

〔해설〕 안연이 말하였다. "부자夫子(공자)께서 차근차근 사람을 잘 이끄시
어 문文으로서 나의 지식을 넓혀주시고, 예禮로서 나의 행실을 요
약하게 해주셨다." 고 하였다.

〔출전〕 《논어》 자한子罕

● 에세이

후중량侯仲良이 말하였다. "문文으로서 나의 지식을 넓혀주었다
는 것은 치지致知와 격물格物이고, 예禮로서 나의 행실을 요약하게
해 주었다는 것은 극기복례(克己復禮 : 사욕을 이겨 예禮로 돌아감)이
다." 고 하였다.

'박문약례博文約禮'는 지금도 널리 사용하는 문장으로, 국어사전에는 '널리 학문을 닦아 사리에 밝고 언행을 바로 하며 예절을 잘 지킴.'이라 쓰여 있다.

　안연顏淵의 학문은 공자와 종이 한 장 차이라고 한다. 그렇기에 이런 말씀을 한 것이다. 그러므로 정자程子도 말하기를, '이는 안자顏子가 성인聖人을 일컬음에 가장 적절하고 합당한 부분이다. 성인聖人이 사람을 가르침은 이 두 가지일 뿐이다.'고 하였다.

　예禮는 예절이니, 이는 규정이고 법이다. 사람과 사람 사이에는 서로 주고받는 예절이 있는 것이니, 이를 잘해야 교제를 잘하는 사람이다. 이러므로 예절은 '이렇게 해라, 저렇게 해야 한다.'고 하는 하나의 규정을 말하니, 이는 사람을 속박하는 것이고, 그러므로 '약례約禮'는 속박을 간략하게 하는 것이다. 속박이 너무 많으면 그 속박 때문에 사람이 살 수가 없는 것이다.

　조선은 예禮를 중시한 나라였는데, 특히 상례喪禮를 가지고 논란이 많았다. 조선의 예송禮訟은 세계에서 그 유래를 찾을 수 없는 것으로, 노론과 소론, 남인과 북인이 정권을 놓고 다투었으므로, 이로 인해서 많은 선비가 사사賜死되고 적거謫居가 되었다. 이는 예를 적용함이 지나쳐서 생긴 사건들이다.

73 子欲居九夷러시니 或曰陋어니 如之何잇고 子曰 君
자 욕 거 구 이   혹 왈 누   여 지 하   자 왈 군

子居之면 何陋之有리오.
자 거 지   하 누 지 유

〖해설〗 공자께서 구이九夷에 살려고 하시니, 혹이 말하기를, "(그곳은) 누
추하니 어찌하시렵니까?" 하자, 공자께서 대답하셨다. "군자가
거주한다면 무슨 누추함이 있겠는가!" 하였다.

〖출전〗《논어》자한子罕

● 에세이

구이九夷[12]는 동이족의 총칭이니, 이곳에 가서 살려고 한 것은 이
곳에 가서 자신의 도道를 펼쳐보려고 한 것이 아닌가! 한다.

공자의 조상은 은殷의 대부였다고 하니, 은殷은 원래 동이족이 세
운 나라로 그곳에서 대부를 한 세족이라면, 혹 동이족의 자손이 아
닌가!라고 많은 학자들이 말한다. 그러나 공자는 '내가 동이족이다.
한족이다.' 라고 국한하여 말씀한 곳은 한 곳도 없다. 성인聖人은 어
느 한 곳에 국한되는 것을 싫어했을 뿐만 아니라, 그렇게 한쪽으로
치우치면 편협하여지므로 이런 용어를 말씀하지 않았을 것으로 추
측한다.

---

12 구이九夷 : 예전에 중국에서 이르던 동쪽의 아홉 오랑캐. 곧 견이畎夷, 우이于夷, 방이
方夷, 황이黃夷, 백이白夷, 적이赤夷, 현이玄夷, 풍이風夷, 양이陽夷를 말한다.

《환단고기》에 보면, 중국의 고대사에 나오는 황제黃帝, 치우蚩尤, 순舜, 소련대련少連大連 등이 모두 동이족이라 한다.

《환단고기》는 고려 말의 문하시중 이암李嵓이 저술했는데, 당시 고조선의 역사가 없어지는 것을 걱정하고 편년체로 쓴 책인데, 그 문장이 매우 유려해서 읽기에 매우 감미롭다.

우리나라의 역사학계에서는 아직 《환단고기》를 정사正史에 편입하지 않고 있어서 아직은 개인이 쓴 사사私史에 불과하다고 하나, 지금은 이를 연구하는 학자들이 많다. 《환단고기》에서는 광활한 중국의 북동부와 러시아의 시베리아 지방 등 드넓은 지역이 모두 고조선이 관활하던 지역으로 되어 있다.

欲 : 하고자 할 욕 居 : 살 거 夷 : 오랑캐 이 或 : 혹 혹 陋 : 더러울 누

74 子在川上曰 逝者如斯夫인져 不舍晝夜로다.
자 재 천 상 왈   서 자 여 사 부   불 사 주 야

【해설】 공자께서 시냇가에 서서 말씀하셨다. "가는 것이 이와 같구나! 밤
　　　 낮을 그치지 않는구나!" 고 하였다.

【출전】 《논어》 자한子罕

●에세이

　천지의 조화造化가 가는 것은 지나가고 오는 것이 이어져서 한순
간도 그침이 없으니, 이것이 바로 도체道體의 본연本然이다. 그러나
지적하여 볼 수 있는 것은 냇물의 흐름만한 것이 없으니, 그러므로
여기에서 말씀하여 사람들에게 보여주셨으니, 배우는 자에게 때때
로 성찰하여 털끝만한 간단間斷함도 없게 하려 하신 말씀이다.

　정이천程伊川이 말했다. "이는 도체道體니, 하늘이 운행하여 그침
이 없어서 해가 가면 달이 오고, 추위가 가면 더위가 오며, 물이 흘
러 끊임이 없고, 물건이 생겨나 다하지 아니하여 모두 도道와 일체
가 되어 밤낮으로 운행하여 그침이 없다. 그러므로 군자는 이를 본
받아서 스스로 힘쓰고 쉬지 않으니, 그 지극한 경지에 이르면 순수
함이 또한 그침이 없는 것이다." 고 하였다.

　필자가 성대 대학원에 다닐 적에 이구산에 갔는데, 그곳에는 공
자의 부친인 숙량흘의 묘廟가 있고, 맹자 어머니의 '맹모단기孟母斷

機'라 쓴 기념비가 세워져 있었고 그 아래에 정자가 세워져 있는데, 이곳에서 남쪽을 바라보면 넓은 강물이 유유히 흐르고 있었으니, 공자는 이곳에서 그 강물을 바라보면서, 본문의 "가는 것이 이와 같구나! 밤낮을 그치지 않는구나!"고 하였다고 관광안내양이 말하였다. 그래서 그곳에서 기념으로 사진 한 장을 찍은 기억이 있다.

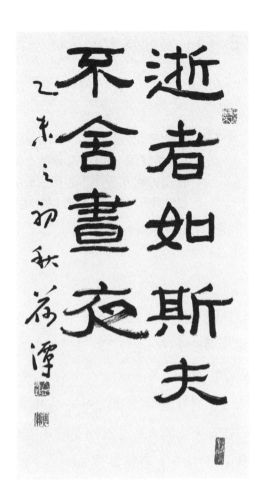

逝:갈 서 斯:이 사 舍:버릴 사 晝:낮 주 夜:밤 야

75 子曰 譬如爲山에 未成一簣하여 止도 吾止也며 譬
　　자왈　비여위산　미성일궤　　지　오지야　비

如平地에 雖覆一簣나 進도 吾往也니라.
여평지　수복일궤　진　오왕야

〖해설〗 공자께서 말씀하셨다. "(학문을) 비유하면 산을 만듦에 마지막 흙
한 삼태기를 (쏟아 붓지 않아 산을) 못 이루어 중지함도 내가 중지
한 것이며, 비유하면 (산을 만드는데) 평지에 흙 한 삼태기를 쏟아
붓더라도 나아감은 내가 나아가는 것이다." 고 하였다.

〖출전〗《논어》자한子罕

●에세이

《서경書經》〈여오旅獒〉에 "산 아홉 길을 쌓는데, 공功이 흙 한 삼
태기 때문에 무너진다."고 하였으니, 부자의 말씀은 이를 인용하여
말씀한 것이다.

산을 쌓아 올리는 데 있어서 마지막 흙 한 삼태기가 모자라서 중
지함도 내가 스스로 중지한 것이고, 평지에 (산을 쌓는데) 처음으로
흙 한 삼태기를 쏟아 붓고, 나아가 계속 쏟아 붓는 것도 나 스스로
하는 것이요, 결코 남이 해주는 것이 아니라는 말씀이다.

인생을 살아가는 것도 결국에는 자신의 책임이고, 학문을 하는
것도 결국에는 자신의 책임이 된다는 말씀이다. '건곤일척乾坤一
擲'이라는 말이 있으니, 이는 중요한 싸움에서 한방의 묘수를 말하

는 것으로, 주사위를 잘못 던진 것도 자신의 책임이고, 잘 던진 것도 결국에는 자신이 책임을 져야 할 일인 것이다.

초나라의 항우와 한나라의 유방이 중국 천하를 놓고 마지막으로 한 판 싸울 때의 한 수를 말한 것인데, 이때는 항우가 지고 유방이 이겨서 한漢의 왕조가 탄생한 것이다.

사람이 어려서는 부모님의 조력에 의하여 살지만, 성인이 되어서는 자신의 행동에 자신이 책임을 지는 것이다.

세상에는 나를 잘 도와주는 조력자가 있는가 하면 나를 구렁에 빠트리는 사람도 있는 것이다. 다행히 조력자를 잘 만나면 앞길이 환히 열리겠지만 불행하게 나를 구렁에 빠트리는 자를 만나면 어찌하겠는가! 그러므로 앞을 잘 살펴서 가야 함을 말씀한 것이다.

譬 : 비유할 비 如 : 같을 여 簣 : 삼태기 궤 吾 : 나 오 止 : 그칠 지
雖 : 비록 수 覆 : 덮을 복 進 : 나갈 진

76 子曰 後生이 可畏니 焉知來者之不如今也리오 四
　　　자왈　후생　　가외　　　언지래자지불여금야　　　　사
十五十而無聞焉이면 斯亦不足畏也已니라.
십오십이무문언　　　　사역부족외야이

〖해설〗 공자께서 말씀하셨다. "후생이 두려울 만하니 (후생의) 장래가 (나
　　　의) 지금만 못할 줄을 어찌 알겠는가! (그러나) 40, 50세가 되어도
　　　알려짐이 없으면 이 또한 두려울 것이 없다." 고 하였다.

〖출전〗 《논어》 자한子罕

●에세이

　공자께서 하신 말씀의 "후생後生은 나이가 젊고 힘이 강하여 충
분히 학문을 쌓음에 기대할 수 있으니, 그 기세가 두려워할 만하다.
그의 장래가 나의 오늘날만 못할 줄을 어찌 알겠는가! 그러나 혹 스
스로 힘쓰지 않아서 늙어도 알려짐에 이르지 못하면 두려워할 것이
없다." 고 하였으니, 이를 말씀하여 후학을 경계한 말씀으로 제때에
미쳐서 학문에 힘쓰도록 하신 말씀이다.

　증자가 말씀하기를, "50세가 되어도 선善하다고 알려지지 않았
으면 영영 알려지지 못한다." 고 하였는데, 이 말씀을 인용한 것이
다.

　필자는 38세에 대학에 들어갔고 64세에 대학원에 입학하여 공부
했는데, 이는 나이가 많아도 공부하는 것이 안 하는 것보다는 낫다

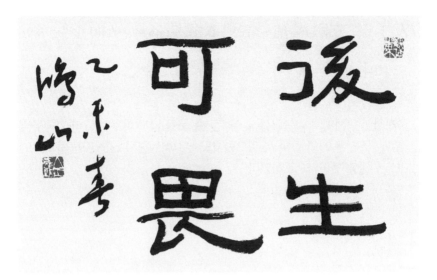

고 생각하고 한 공부이다. 그러나 공부는 젊어서 해야 한다. 그래야 총기가 있고 기력이 왕성하여 끝까지 진력할 수가 있는 것이다.

　학문을 깊이 궁구한다는 것은 돈을 버는 것이나 남녀 간의 사랑을 하는 것에 비하여 비교할 수 없이 고귀한 것이다. 그리고 학문을 한다는 것은 우선 사람 같은 사람이 되는 것을 말한다. 그리고 학문을 열심히 하여 일가一家를 이루면 부귀는 자연히 따르는 것이다.

後:뒤 후　畏:두려울 외　焉:어찌 언　來:올 래　聞:들을 문　斯:이 사
亦:또 역

77 子曰 衣敝縕袍하여 與衣狐貉者로 立而不恥者는
자 왈   의 폐 온 포   여 의 호 학 자   입 이 불 치 자

其由也與인져.
기 유 야 여

〔해설〕 공자께서 말씀하셨다. "해진 솜 옷을 입고 여우나 담비 가죽옷을
        입은 자와 같이 서 있으면서도 부끄러워하지 않는 자는 유由(자로)
        일 것이다."고 하였다.

〔출전〕 《논어》 자한子罕

●에세이

　가난하고 천한 자가 입는 옷을 입고서 가죽옷을 입은 부귀한 자
들과 같이 서 있으면서 부끄러워하지 않은 사람은 자로子路 뿐이라
고 해서 공자께서 이를 칭찬하였는데, 그러면 자로는 왜 천한 옷을
입고서도 부끄러워하지 않은 것인가! 이는 인생의 길은 도道가 얼마
나 깊으냐! 얕으냐! 에 있는 것이지, 결코 좋은 옷을 입고 맛있는 음
식을 먹음에 있지 않음을 자로는 잘 알았기에 가능했던 것이다.

　자로는 공자와 14년 동안 천하를 주유하면서 망명생활을 함께했
으며, 공자가 노나라로 돌아갈 때 위나라에 남아서 공씨의 가신이
되었으나 왕실 계승 분쟁에 휘말려 괴외蒯聵의 난 때 전사하였다.

　자로는 자기 자신에 대해서도 엄격한 사람이었다고 평가되며
《논어》의 안연편에는 그는 약속을 다음 날까지 미루는 일이 없었다

고 한다. 맹자에 의하면 자로는 다른 사람이 자기의 결점을 지적하면 기뻐하였다고 한다.

그는 용맹스러웠고 직설적이고 성급한 성격 때문에 예의 바르고 학자적인 취향을 가진 제자들과는 이질적인 존재였다. 그의 성격은 거칠었으나 꾸밈없고 소박한 인품으로, 부모를 잘 봉양한 효자로 공자의 사랑을 받은 사람이니, 학문의 도道가 깊어서 가난하면서도 부자들에게 기죽지 않는 용맹이 있었다.

오늘날 사람들이 옷을 입고 다니는 것을 보면 매우 멋지고 아름답다. 모두 메이커가 있는 비싼 옷을 입고 거리를 활보하며 기회가 나면 반드시 옷 자랑을 한다. 그러나 이는 겉치레에 불과한 것이다. 사람의 평가는 얼마나 정직하고 도道가 깊으며 행위가 바르냐에 달린 것이지, 결코 옷만 잘 입는다고 귀인貴人이 되는 것은 아니다.

敝 : 해질 폐　縕 : 헌솜 온　袍 : 솜옷 포　與 : 더불어 여　狐 : 여우 호
貉 : 담비 학　恥 : 부끄러울 치　由 : 말미암을 유

향당편鄕黨篇

78 孔子於鄕黨에 恂恂如也하사 似不能言者하시고 其
　　공자어향당　　순순여야　　　사불능언자　　　　　기

在宗廟朝廷에는 便便焉하시되 唯謹爾러시다.
재종묘조정　　　변변언　　　유근이

〖해설〗 공자께서 향당鄕黨(지방)에 계실 때는 신실信實하게 하시어 말을 잘
　　　하지 못하는 것처럼 하시고, 종묘와 조정에 계실 적에는 말씀을
　　　잘 하시되, 다만 삼가시었다.

〖출전〗《논어》 향당鄕黨

● 에세이

　공자께서 고향 마을에 계실 적에는 믿음직함을 보여주고 말씀은
못하는 것처럼 보였으며, 종묘와 조정에 계실 적에는 남과 말씀은
잘하시되, 다만 조심하셨다고 한다.

한마디로 말해서 고향에 있을 때에는 의젓함을 보이지만 많은 말을 하여 잘난 체를 하지 않았고, 비교적으로 잘난 사람들이 모여서 국사를 논하는 조정에서는 달변達辯으로 조리 있게 말을 잘하여 이론에서 남에게 밀리지 않고 나의 주장을 관철하지만, 몸을 낮추어서 겸손을 취했다는 말씀으로 장소에 따라서 처신을 달리했다는 이야기가 된다.

사람으로서 처세의 기본은 믿음이니, 믿음이 없으면 남과 대화를 할 수가 없는 것이다. 그리고 지방이나 고향에 내려가서는 절대로 잘난체하면 안된다. 왜냐면 시골 사람들이 당장 '저 사람 공부 많이 했다고 자랑하네.' 하면서 대화를 하지 않으려고 한다. 그러나 공무를 띠고 국가를 위해 일을 할 적에는 나의 이론과 주장을 관철해야 하므로, 말을 조리 있게 잘하여 남에게 밀리지 않아야 하지만, 절대로 잘난체하면 안 된다. 시기하는 자가 생기기 쉬우므로 몸을 낮추고 삼가야 하는 것이다.

鄕 : 시골 향 黨 : 무리 당 恂 : 성실할 순 似 : 같을 사 宗 : 마루 종 廟 : 사당 묘
朝 : 조정 조 廷 : 조정 정 便 : 말 잘할 변 唯 : 오직 유 謹 : 삼갈 근

선진편先進篇

79 季路問事鬼神한대 子曰 未能事人이면 焉能事鬼
　　계로문사귀신　　　자왈　미능사인　　　언능사귀

리오 敢問死하노이다 曰未知生이면 焉知死리오.
　　감문사　　　　　왈미지생　　　언지사

〖해설〗 계로季路가 귀신 섬기는 것을 묻자, 공자께서 "사람을 잘 섬기지
　　　　못한다면 어떻게 귀신을 섬기겠는가!" 하셨다. "감히 죽음에 대
　　　　하여 묻습니다."고 하자, 공자께서 "생生을 모른다면 어떻게 죽음
　　　　을 알겠는가!"고 하시었다.

〖출전〗 《논어》 선진先進

● 에세이

　사람은 누구나 미래를 미리 알아 대처하고 싶어 하고, 그리고 죽
음의 세계를 알고 싶어 한다.

옛적 공자님이 살던 시대에도 제자인 자로가 눈에 보이지 않는 귀신을 어떻게 섬겨야 하느냐고 문의하였을 때에, 공자께서는 "산 사람을 잘 섬기지 못하면 어떻게 귀신을 잘 섬기겠는가!"고 반문하여, 우선 살아있는 사람을 잘 섬길 것을 주문했고, 또 죽은 뒤의 세상에 대하여 문의하니, "살아있을 당시의 일도 잘 모르는데, 왜 죽음의 일을 알려고 하느냐!"고 반문하였으니, 공자께서는 언제나 내가 살아있는 이 세상을 중요시하였다.

유가儒家에서는, 살아서는 아무도 가보지 못한 '천당과 지옥, 그리고 극락과 지옥'은 허황된 것으로 여기고, 될 수 있으면 보지 못한 세상은 말하려고 하지 않았고, 그리고 우리가 살고 있는 이 세상을 대단히 중요시하여 어떻게 하면 죄짓지 않고 남을 위해 좋은 일 많이 하고 덕을 많이 쌓으면서 살아야 할까를 고민하였다.

그런데 어떤 종교에서는 아무도 가보지 않은 저승을 준비해야 한다고 하면서 그곳의 일에만 열심히 하고, 이 세상의 일은 그리 중요하게 생각하지 않는다. 그리고 천국을 말하는 영적 지도자인 목사나 신부, 그리고 스님들은, 신도들을 위해서 보이지도 않는 천국으로 인도한다고 열심히 설교하지만, 정작 자기들은 이 세상에서 돈을 많이 벌어서 잘 살려고 노력하는 자가 많은 것을 필자는 잘 안다. 우리나라에는 자신이 운영하는 교회를 자기 자식에게 넘겨주는 속

칭 유명 교회 목사들이 많다.

　이런 유의 사람들은 자신만 알고 남은 모르는 불학 무도한 사람과 별로 다를 것이 없는 사람들이다. 자신은 호의호식하면서 국민을 세계에서 가장 못사는 나라로 만든 북한의 김일성과 무엇이 다르겠는가!

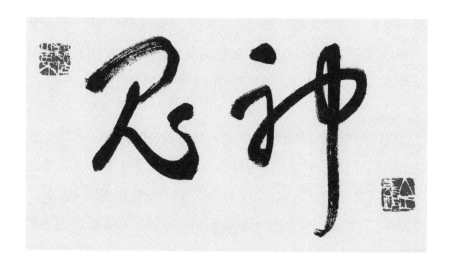

季 : 끝 계　路 : 길 로　問 : 물을 문　鬼 : 귀신 귀　神 : 귀신 신　能 : 능할 능
焉 : 어찌 언　敢 : 감히 감　死 : 죽을 사

80 門人이 不敬子路한대 子曰 由也는 昇堂矣요 未入
　　　문인　불경자로　　자왈　유야　승당의　미입

於室也니라.
어실야

〖해설〗 문인門人이 자로를 공경하지 않은데, 공자께서 말씀하시었다. "유
　　　由는 당堂에는 올랐고 아직 방에는 들어오지 못했다." 고 하시었
　　　다.

〖출전〗 《논어》 선진先進

●에세이

　자로가 공자의 집 앞에서 비파를 타니, 공자께서 말씀했다. "왜
비파를 타는데 북쪽 변방의 살벌殺伐한 노래를 타는가!" 고 하고 꾸
짖으니, 제자들이 자로를 공경하지 않았다. 이에 공자께서, "자로는
당堂에 올랐고 방에는 아직 들어오지 못했다." 고 하였으니, 이는 자
로의 학문이 이미 정대正大하고 고명高明한 경지에 이르렀고, 다만
정미精微한 깊은 곳에는 들지 못했을 뿐이라고 하여 자로를 경홀輕
忽히 대해서는 안 됨을 말씀하였다.

　공문孔門에서 제자들의 학문을 논할 때에, 어떤 제자는 담 밖에서
안을 쳐다보고, 어떤 제자는 마당에 들어왔고, 어떤 제자는 당堂에
올랐고, 어떤 제자는 방에 들어왔다고 하여 학문의 깊이를 이렇게
표현했으니, 자로의 학문은 마지막 단계의 바로 전에 있음을 알 수

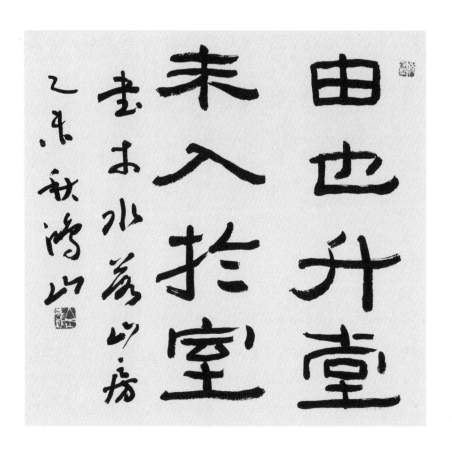

가 있다.

공자의 학문은 사람이 세상을 살면서 얼마나 인仁하게 사는가가
관건이니, 인하게 산다는 것은 사람의 마음이 천리天理와 부합함을
이른다.

공자는 성인聖人이므로 항상 인仁하게 살고, 안연顏淵은 3개월을

인仁하게 살았다 하여 공자께서 칭찬하였으며, 나머지 제자는 누가 인仁하게 사는지 알지 못한다고 하여 인仁하지 못함을 말씀하였으니, 사람이 천지와 하나가 되는 것이 그렇게 어려운 것이다.

敬:공경 경　路:길 로　由:말미암을 유　昇:오를 승　堂:집 당　室:집 실

81 曾點曰 暮春者에 春服既成커든 冠者五六人과 童
증점왈 모춘자 춘복기성 관자오육인 동

子六七人으로 浴乎沂하여 風乎舞雩하여 詠而歸호리
자육칠인 욕호기 풍호무우 영이귀

이다 夫子喟然嘆曰 吾與點也하노라.
부자위연탄왈 오여점야

〖해설〗 증점曾點이 말하기를, "늦은 봄에 봄옷이 만들어지거든 갓을 쓴
어른 5, 6인과 동자童子 6, 7명과 함께 기수沂水에서 목욕하고 무
우舞雩에서 바람 쐬고서 노래하며 돌아오겠습니다."고 하니, 공자
께서 아! 하고 감탄하시며 "나도 점點과 같이 하겠다."고 하였다.

〖출전〗 《논어》 선진先進

●에세이

하루는 자로子路, 증점曾點, 염유冉有, 공서화公西華가 공자를 모
시고 앉아있었다. 공자께서 말씀하시길, "어려워하지 말고 말하라.
너희들은 앞으로 무엇을 하겠는가!" 하니, 자로子路와 염유冉有, 공
서화公西華는 모두 정치적인 이야기를 하였는데, 맨 나중에 증점曾
點이 타고 있던 비파를 놓고 말하기를,

"늦은 봄에 봄옷이 만들어지거든 갓을 쓴 어른 5, 6인과 동자童子
6, 7명과 함께 기수沂水에서 목욕하고 무우舞雩에서 바람 쐬고서 노
래하며 돌아오겠습니다."고 하니, 공자께서 아! 하고 감탄하시며
"나도 점點과 같이 하겠다."고 한 말씀이다.

요즘의 말로 말한다면, 따뜻한 늦은 봄에 새 옷을 사서 입고 친구 5, 6인과 심부름하는 사람 6, 7명을 데리고 기수沂水의 온천에 가서 목욕하고 무우舞雩라는 명승지에서 바람 쐬고 노래 부르면서 돌아오겠다고 한 것이니, 공자께서도 '참 좋은 말이다. 나도 너와 함께 하겠다.' 하신 것이다.

이는 지금으로부터 2500년 전의 사람이 말한 내용이 현대를 사는 우리의 마음과도 딱 맞음을 알 수가 있다.

증점의 말은 벼슬을 하여 귀貴하게 되거나 돈을 많이 벌어서 부자가 된다는 말이 아니고, 이것저것 훌훌 털고 맘에 맞는 친구들과 같이 온천에 가서 목욕하고, 명승지를 돌아보고, 노래도 하고, 시도 지으면서 유유히 집으로 돌아오겠다는 말이니, 이는 시속時俗을 뛰어넘어 도道에 들어간 사람의 말이다. 그렇기에 공자께서도 '나도 그렇게 하겠다.' 고 한 것이다.

點:점 점   暮:저물 모   服:옷 복   旣:이미 기   成:이룰 성   冠:갓 관
童:아이 동   浴:목욕할 욕   沂:기수 기   舞:춤출 무   雩:기우제 우
詠:읊을 영   歸:돌아올 귀   喟:한숨 쉴 위   嘆:탄식할 탄

안연편顔淵篇

82 顔淵이 問仁한대 子曰 克己復禮爲仁이니 一日克
　　안연　　문인　　자왈　극기복례위인　　일일극

己復禮면 天下歸仁焉이니 爲仁由己니 而由人乎
기복례　　천하귀인언　　　위인유기　　이유인호

哉아.
재

【해설】 안연이 인仁을 묻자, 공자께서 말씀하셨다. "자기의 사욕私慾을 이
겨 예禮(천리)에 돌아감이 인仁을 하는 것이니, 하루를 자기의 사욕
私慾을 이겨 예禮(천리)에 돌아가면 천하가 인仁을 한다고 허여하리
니, 인仁을 하는 것이 자신에게 있으니, 어찌 남에게 있겠는가!" 고
하였다.

【출전】 《논어》 안연顔淵

一日克己復礼

天下歸仁焉

乙未仲夏 鴻山

에세이

공자는 인仁을 주장했는데, 공자의 수제자인 안연이 인仁을 하려면 어떻게 해야 합니까! 하고 물으니, 공자께서 '자기의 사욕을 버리고 천리에 회복하는 것이 인仁이다.' 라고 하였다.

인仁은 눈에 보이지 않는 것이기 때문에 설명하기가 매우 어렵다. 이 인仁을 한마디로 말한다면, '봄바람'과 같다고 할까! 죽음의 계절 겨울이 가고 봄이 오면 남쪽에서 봄바람이 훈훈하게 불어온다.

이때에는 천하가 모두 따뜻해져서 생명의 기운이 유행하고 땅에서는 새싹들이 즐겁게 솟아오르는 것이니, 이런 현상이 인仁이 충만한 세상인 것이다.

이렇게 하루를 자기 몸에 있는 사욕을 모두 버리고 천리天理(禮)가 몸에 가득하면 천하가 인仁한 사람이라고 허여한다는 것이다. 이러한 인仁한 사람이어야 그 안에서 남을 위하는 의義가 나오고 절도가 있는 예禮로 가며, 이를 즐거워하니 악樂이 그 안에 있는 것이다.

顔 : 얼굴 안　淵 : 못 연　問 : 물을 문　克 : 이길 극　復 : 회복할 복　禮 : 예도 예
歸 : 돌아갈 귀　焉 : 어조사 언

83 顔淵曰 請聞其目하노이다 子曰 非禮勿視하며 非禮
　　　안연왈 청문기목　　　자왈　비례물시　　　비례

勿聽하며 非禮勿言하며 非禮勿動이니라 顔淵曰 回
물청　　　비례물언　　　비례물동　　　안연왈　회

雖不敏이나 請事斯語矣로리이다.
수불민　　　청사사어의

〖해설〗 안연이 "그 조목을 묻습니다." 하고 말하자, 공자께서 말씀하셨다.
　　　　"예禮(천리)가 아니면 보지 말며, 예가 아니면 듣지 말며, 예가 아니
　　　　면 말하지 말며, 예가 아니면 동動하지 말아야 한다." 하시니, 안연
　　　　이 말하였다. "회回(안연)가 비록 불민不敏하오나 이 말씀을 따를
　　　　것을 청합니다." 하였다.

〖출전〗 《논어》 안연顔淵

●에세이

　"극기복례克己復禮"를 행하는 조목을 물으니, 공자님의 대답 "예
禮가 아니면 보지 말며, 예가 아니면 듣지 말며, 예가 아니면 말하지
말며, 예가 아니면 동動하지 말아야 한다."고 하시었다.

　이 말씀은 성인聖人이 되는 지름길로, 안연이 이를 행하여 복성復
聖이라는 칭호를 얻었다. 예禮는 주註에 '천리天理의 절문節文'이라
했으니, 예는 즉 천리를 따르는 것이고, 그러므로 예가 아니면 보지
도, 듣지도, 말하지도, 행하지도 말아야 한다고 공자께서 말씀하신
것이다.

사람은 절도 있는 행동을 해야만 사람다운 사람이 되는 것이다. 사람이 절도가 없으면 물에 물 탄 것 같아서 쓸모가 별로 없는 것이고, 그리고 지조가 있어야 의義로운 사람이 되어서 세상의 재목으로 쓰임을 받는 것이다. 하나 더 말한다면, 인륜人倫을 잡고 윤리를 따라 행하고 결코 윤리에 어긋나는 일을 해서는 안 되는 것이다.

聞 : 들을 문 非 : 아닐 비 禮 : 예도 예 勿 : 말 물 視 : 볼 시 聽 : 들을 청
動 : 움직일 동 回 : 돌아올 회 雖 : 비록 수 敏 : 민첩할 민

84 仲弓이 問仁한대 子曰 出門如見大賓하며 使民如
　　중궁　　문인　　자왈　　출문여견대빈　　사민여

承大祭하고 己所不欲을 勿施於人이니 在邦無怨하
승대제　　기소불욕　　물시어인　　재방무원

며 在家無怨이니라 仲弓曰 雍雖不敏이나 請事斯語
　재가무원　　중궁왈　옹수불민　　청사사어

矣로리이다.
의

〔해설〕 중궁仲弓이 인仁함을 묻자, 공자께서 말씀하셨다. "문을 나갔을 때
　　　에는 큰 손님을 맞는 듯이 하고, 백성을 부릴 때에는 큰 제사를 받
　　　들 듯이 하고, 자신이 싫어하는 것을 남에게 시키지 말아야 하니,
　　　(이렇게 하면) 나라에 있어도 원망함이 없으며 집 안에 있어도 원
　　　망함이 없을 것이다." 하시니, 중궁이 말하였다. "옹雍(중궁의 이름)
　　　이 비록 불민不敏하나, 이 말씀에 종사할 것을 청합니다." 하였다.

〔출전〕 《논어》 안연顔淵

● 에세이

　공자께서는 제자들이 같은 문제를 가지고 문의해도 대답은 각기
달랐으니, 이는 묻는 사람에게 딱 맞는 말씀으로 대답하기 때문이
다.

　중궁仲弓은 공자의 제자 염옹冉雍을 말하는데, 이도 또한 앞의 안
연처럼 인仁을 문의하였다. 그러나 공자의 대답은 안연에 답한 것
보다 많이 달랐으니, '문을 나갔을 때에는 큰 손님을 맞는 듯이 하
고, 백성을 부릴 때에는 큰 제사를 받들 듯이 하고, 자신이 싫어하는

것을 남에게 시키지 말아야 하니, (이렇게 하면) 나라에 있어도 원망함이 없으며 집 안에 있어도 원망함이 없을 것이다.' 라고 하였다.

'내가 하기 싫은 일은 남에게도 시키지 말라.' 고 한 말씀은 참으로 진리의 말씀이고 훌륭한 말씀이다.

필자는 매일 아침에 일찍 일어나서 아침 운동을 하러 나간다. 지금은 시에서 이곳저곳에 공원을 만들어 놓고 그곳에 운동기를 설치해놓아서 운동하기에 아주 좋다.

새벽이면 많은 사람들이 나와서 운동을 하는데, 필자는 언제부터인지는 정확하지 않지만 '내가 운동하는 자리는 내가 청소한다.' 고 생각하고 공원 주위에 흩어진 종이나 버려진 음료수병을 주어서 버린다. 이렇게 하니 어느새 내가 있는 곳은 모두 깨끗한 곳이 되어있었다. 남에게 시키기보다는 내가 먼저 하는 것이 훨씬 빠르고 좋은 것이다.

賓:손 빈 使:부릴 사 承:받들 승 祭:제사 제 欲:하고자 할 욕
施:베풀 시 邦:나라 방 怨:원망 원 雍:화할 옹 雖:비록 수
敏:민첩할 민 請:청할 청

85 子曰 死生有命이요 富貴在天이니라.
자 왈 사 생 유 명 　 　 부 귀 재 천

〔해설〕 공자께서 말씀하셨다. "죽고 사는 것은 명命에 달려 있고, 부귀富
　　　貴는 하늘에 달려 있다." 고 하였다.

〔출전〕《논어》안연顏淵

●에세이

이 문장은《명심보감》에도 나오는 말씀으로, 지금도 인구人口에
회자膾炙되는 매우 유명한 말씀이다.

명命이라는 것은 태어나는 처음에 받는 것이니, 지금 옮길 수 있
는 것이 아니고, 하늘은 그렇게 만듦이 없는데도 저절로 되는 것이
니, 내가 기필코 할 수 있는 것이 아니다. 다만 순순하게 받아들여야
한다.

명命은 사람마다 각자 다 다르게 태어나는 것으로, 일례로 나의
친구 A가 국회의원이 되었으니, 나도 국회의원이 될 수 있다 생각
하고 국회의원에 출마했는데 떨어지고 말았다.

선거운동을 하면서 많은 돈을 썼고, 그리고 많은 돈을 옆의 친척
과 친구들한테 빌렸는데, 살고 있는 집을 팔아서 갚아도 빚을 청산
하기에는 턱없이 모자라니 살길이 막막한 신세가 되고 말았다. 그
래서 남의 집 단칸방을 얻어서 월세를 사는 신세로 전락하고 말았

다고 한다면, 이는 국회의원에 들어갈 관운이 없는 사람인데 천명은 받지 못하고서 가볍게 움직인 것이 화가 되어서 신세를 망친 것이니, 이런 사람이 어디 한둘인가!

부귀富貴함도 매한가지이다. 태어나면서부터 부귀하게 태어나는 사람이 있는가 하면, 어떤 사람은 빌어먹는 거지의 자식으로 태어나는 사람도 있다. 물론 고관대작의 아들로 태어났으면 반드시 집안이 여유가 있어서 어려서부터 공부를 많이 하고, 유학도 다녀와서 좋은 직장에 취직하여 많은 월급을 받고 살 것이니, 이는 귀한 사람이다.

그러나 어떤 사람은 벽촌에서 농사를 짓는 농부의 아들로 태어났다면, 이 사람은 어려서부터 들에 가서 농사짓고 산에 가서 나무하는 것만 배웠을 것이므로, 하늘에서 돈벼락이 떨어지지 않는 한 부귀하게 되기는 어려운 것이다.

그러므로 공자께서는 '부귀함은 하늘에 달려있다.' 고 한 것이다.

死 : 죽을 사 命 : 목숨 명 富 : 부자 부 貴 : 귀할 귀

86 齊景公이 問政於孔子한대 孔子對曰 君君, 臣臣,
　　　제 경 공　　문 정 어 공 자　　　　공 자 대 왈　군 군　　신 신

父父, 子子니라.
부 부　　자 자

〖해설〗 제齊나라 경공景公이 정치하는 것을 공자께 묻자, 공자께서 대답
　　　　하셨다. "군주는 군주 노릇 하고, 신하는 신하 노릇 하며, 아비는
　　　　아비 노릇 하고, 자식은 자식 노릇 하는 것입니다."고 하였다.

〖출전〗 《논어》 안연顏淵

● 에세이

　정치는 예나 지금이나 백성이 그 정치를 믿어주어야 한다. 만약
백성이 믿어주지 않는다면, 임금이 백 번 천 번 말을 해도 실행이 되
지 않을 것이니 무익한 말이 될 것이다. 그러므로 공자께서는 "군주
는 군주의 할 일을 잘하고, 신하는 신하의 할 일을 잘하며, 아비는
아비의 할 일을 잘하고, 자식은 자식의 할 일을 잘해야 한다."고 하
였다.

　우리 속언俗言에 "도적질하는 아비가 자식에게는 '너는 도적 하
지 말라.'"고 했다고 하는데, 그 아들이 정말로 도적질하는 아비의
말을 믿고 도적질하지 않겠는가! 수년 동안 눈만 뜨면 아비의 도적
질하는 것을 보고 배웠는데, 어떻게 하루아침에 도적질함을 버리겠
는가! 그러므로 위에 있는 자가 사람다운 행동을 해야 아래에서 배

우는 자도 사람다운 행동을 하는 것이다.

'君君군군, 臣臣신신, 父父부부, 子子자자'는 지금으로부터 약 2500년 전에 하신 말씀이나 오늘날도 매우 시의적절한 말씀으로, 진리의 말씀이 된다.

오늘날의 정치인들을 일반인이 평하여 말할 때에, '눈만 뜨면 거짓말을 한다.'고 말하니, 이런 정치인의 말을 누가 믿겠는가! 혹여 '정치는 그런 것 아닌가!' 하고 반문할지 모르지만, 그러나 국민을 상대로 하는 정치는 절대로 거짓을 말하면 안 된다. 그러므로 반드시 정치인은 참다운 정치인다워야 하고, 법조인은 법조인다워야 한다. 그래야 국민이 믿고 따르는 것이다.

齊 : 나라 제 景 : 클 경 政 : 정사 정 對 : 대할 대

87 季康子問政於孔子曰 如殺無道하여 以就有道면
계 강 자 문 정 어 공 자 왈　　여 살 무 도　　　　이 취 유 도

何如하니잇고 孔子對曰 子爲政에 焉用殺이리오 子欲
하 여　　　　공 자 대 왈　자 위 정　언 용 살　　　　　자 욕

善이면 而民善矣리니 君子之德風이요 小人之德草
선　　　이 민 선 의　　　군 자 지 덕 풍　　　소 인 지 덕 초

니 草上之風에 必偃하나니라.
초 상 지 풍　필 언

〔해설〕 계강자가 정치함을 공자께 묻기를, "만일 무도無道한 사람을 죽여
서 유도有道함으로 나가게 한다면 어떻겠습니까!"고 하니, 공자께
서 대답하기를, "어찌 죽임을 쓰리요, 그대가 착하고자 하면 백성
들도 착하게 되리니, 군자의 덕은 바람이고 소인의 덕은 풀이니,
풀 위에 바람이 불면 풀은 반드시 눕느니라."고 하였다.

〔출전〕《논어》안연顔淵

● 에세이

계강자의 말은 "무도無道한 자를 죽이면 백성들이 죽음을 무서워
하여 유도有道함에 나오지 않겠습니까!"고 하니, 공자께서 "어찌 죽
이는 커다란 형벌을 쓰겠는가! 위에 있는 그대가 착하면 백성들도
따라서 착할 것이니, 군자의 덕은 바람이고 소인의 덕은 풀이니, 풀
위에 바람이 불면 풀은 반드시 눕는 것이다."고 하였다.

여기서 민초民草라는 말이 나오니, 원래 백성은 풀로 비유를 한
다. 그러므로 풀은 바람이 부는 대로 누우니, 동에서 불면 서로 눕고

서에서 불면 동으로 눕는다. 그러므로 백성은 위에서 정치를 어떻게 하느냐에 따라 움직이는 것이므로, 위에 있는 지도자가 착해야만 백성들도 따라서 착하게 된다는 것이다.

아래는 김수영이(〈창작과 비평〉 가을호, 1968) 발표한 '풀이 눕는다.'의 시이다.

풀이 눕는다. 비를 몰아오는 동풍에 나부껴 풀은 눕고 드디어 울었다. 날이 흐려져 더 울다가 다시 누웠다.
풀이 눕는다. 바람보다도 더 빨리 눕는다. 바람보다도 더 빨리 울고 바람보다도 먼저 일어난다.
날이 흐르고 풀이 눕는다. 발목까지, 발밑까지 눕는다. 바람보다 늦게 누워도 바람보다 먼저 일어나고, 바람보다 늦게 울어도 바람보다 먼저 웃는다. 날이 흐리고 풀뿌리가 눕는다.

이 시는 아마 본문에서 영감을 얻지 않았을까 생각한다.

季 : 말째 계　康 : 편안 강　政 : 정사 정　殺 : 죽일 살　就 : 나갈 취
對 : 대할 대　焉 : 어찌 언　德 : 큰 덕　偃 : 누울 언

88 子貢이 問友한대 子曰 忠告而善道之호되 不可則止
자공 문우 자왈 충고이선도지 불가즉지

하여 無自辱焉이니라.
무자욕언

〖해설〗 자공이 벗을 사귐에 대하여 묻자, 공자께서 말씀하셨다. "충심으
로 말해주고 잘 인도하되, 불가능하면 그만두어서 스스로 욕되지
말게 하여야 한다." 고 하였다.

〖출전〗《논어》안연顔淵

●에세이

이 문장은 벗을 사귀는 것을 말씀했으니, 벗이 옳지 않은 곳으로
가면 충심으로 말해주고 착한 곳으로 인도하되, 말을 듣지 않으면
그만두는 것이다.

《맹자》에 '붕우朋友는 책선責善' 이라 하여, 친구가 잘못된 곳으
로 가면 처음에는 충고하여 착한 곳으로 인도하지만, 친구가 말을
듣지 않으면 친교를 그만두는 것이다.

만약 친구가 잘못된 곳으로 갔는데 친교를 끊지 않으면, 나중에
그 친구가 잘못되어서 재판을 받거나 억류되었을 때에 곤란한 상황
이 올 수가 있으므로 '붕우는 책선責善' 이라고 하는 것이다.

진정한 벗은 나의 목숨을 대신할 수 있는 벗을 말하니, 다음은 진
정한 벗의 이야기다. 어떤 마을에 아버지와 아들이 같은 집에 살고

있었다. 그 아들이 벗들과 사귀기를 좋아하여 날마다 문밖으로 나가 벗들과 어울리면서 놀았는데, 나가기만 하면 반드시 술에 잔뜩 취해 돌아왔다. 가끔 밖으로 나가지 않고 집에 있을 적에는 벗들이 집으로 찾아와 문을 두드리는 자들이 아주 많았다. 아버지가 아들에게 말하였다.

"저들은 누구냐?"

"저의 벗들입니다."

"벗을 사귀기는 어려운 법인데, 벗이 그렇게도 많단 말인가?"

어느 날 아버지가 돼지를 죽이고서 거적으로 싼 다음, 아들에게,

"네가 벗이라고 하는 자들에게 가 보자."

하고는, 또 "이것을 짊어지고서 앞장서라. 네가 가장 믿을 만한 벗이 누구냐?"

하였다. 아들이 돼지를 짊어지고 앞장서서 자신이 가장 믿을 만한 벗의 집으로 가 벗에게,

"내가 오늘 저녁에 사람을 죽이고 말았다. 다급한 맘에 지금 시체를 짊어지고 널 찾아왔다."

고 하자, 그 벗이, "그런가? 집 안으로 들어가서 함께 시체를 처리하자."

하였다. 그러나 집 안으로 들어간 벗은 한 식경이 지나도록 다시 나오지 않았다. 소리쳐 불러도 대답이 없었다. 아버지가 혀를 끌끌 차면서,

"허허, 너 혼자서 처리해야겠구나." 하였다.

아들이 그 집을 떠나 다른 집을 찾아가 그 벗에게 고하기를,

"내가 오늘 저녁에 사람을 죽이고서 다급하여 너를 찾아왔다. 너와 함께 시체를 처리했으면 한다."

하자, 그 벗이 소리를 치면서 말하기를,

"살인이 얼마나 큰일인가. 속히 떠나가라. 머뭇대면 나에게 누를 끼칠 것이다."

하였다. 그러자 아버지가 다시 혀를 끌끌 차면서 말했다.

"허허, 너 혼자서 처리해야겠구나."

아들이 또다시 다른 벗을 찾아갔다. 시체를 짊어지고서 서너 집을 찾아갔으나 모두 만나주지 않았다. 마음은 허탈하고 짐은 더욱 무거워졌다. 날이 장차 밝으려고 했을 때 아버지가,

"너의 벗이 이제 더는 없는가? 내가 알고 지내는 사람이 있다. 그 사람을 찾아가 보자."

하였다. 아버지가 그 사람의 집을 찾아가서 문을 두드리고는 아들이 그의 벗들에게 고했던 대로 말해 주었다. 그 사람이 깜짝 놀라면서,

"잠깐만 있으시게. 조금 있으면 날이 밝을 것이네."

하였다. 그리고는 집 안으로 들어가 삽을 가지고 나와 안방의 구들을 들어내려고 하면서 아버지를 돌아보며 이르기를,

"자네도 나를 도와 구들을 들어내시게."

하자, 아버지가 말하기를,

　"그러지 마시게. 구들을 들어낼 필요는 없네."

라고 하고는, 거적으로 싼 것을 가리키면서,

　"저것은 죽은 돼지네."

하였다. 그리고는 아들의 일을 그 사람에게 말해 주었다. 그 사람이 삽을 내려놓고 웃었다. 드디어 술을 사와 그 돼지고기를 삶아서 안주 삼아 먹고서 돌아왔다. 이에 아들이 크게 부끄러워하면서 후회하였다. 집으로 돌아온 뒤에 다시는 벗에 대해 말하지 않았다고 한다. 『석당유고石堂遺稿』

告 : 고할 고　止 : 그칠 지　辱 : 욕될 욕

89 曾子曰 君子는 以文會友하고 以友輔仁이니라.
증 자 왈 군 자　　이 문 회 우　　　　이 우 보 인

〔해설〕 증자가 말씀하였다. "군자는 문학으로써 벗을 모으고 벗으로서
인仁을 돕는다." 고 하였다.

〔출전〕《논어》안연顔淵

● 에세이

　학문을 강의하여 벗을 모으면 도道가 더욱 밝아지고, 선善을 취하
여 인仁을 도우면 덕德이 날로 진전된다는 것이다.

　사람은 벗을 잘 사귀어야 한다. 일례로, 착한 벗을 사귀면 그를
따라서 나도 착해지는 것이고, 공부를 잘하는 벗을 사귀면 나도 따
라서 공부를 잘하게 되는 이치와 같이 학문을 하는 벗을 사귀면 나
도 따라서 학문을 하게 되어서 인仁으로 덕을 쌓는 사람이 되는 것
이다.

　사람이 세상을 사는 데는 이利를 취하면서 행동하게 되는데, 이利
가 있어야 생활을 하고 가정을 영위할 수가 있기 때문으로, 누군들
이利를 싫다고 할 이유가 없는 것이다. 그러나 이利에는 정당한 합
법의 이利가 있고 부정하고 더러운 이利가 있으니, 자칫 잘못하여
부정한 이利에 발을 들여놓으면 나중에 그 이利가 나의 발목을 잡는
경우가 많으니, 이번에 정국을 강타한 성○종 사건이 국무총리를

以文會友

以友輔仁

一東榮 仲秋 鴻如

단숨에 낙마시키지 않았는가! 그래서 이利를 취함에는 정신을 바짝 차려야 하는 것이다.

가을이 되면 논의 벼들은 모두 목이 패어서 꽃을 피운다. 그 많은 벼꽃을 벌과 나비가 모두 수정시키기란 쉬운 일이 아니다. 그러나 벼들은 혼자 올라와 꽃을 피운 것이 아니고 여럿이 함께 올라와서 꽃을 피웠기 때문에 약간의 바람이 불어도 서로 비비며 꽃을 수정 시킨다. 그러므로 우리가 가장 사랑하여 먹는 주식인 쌀이 생산되는 것이다. 이런 현상을 '이우보인以友輔仁'이라 하면 어떨까! 착한 벗들이 모여서 인仁을 이루는 것이다.

曾：일찍 증　會：모을 회　輔：도울 보

자로편 子路篇

90 子路曰 衛君이 待子而爲政하시나니 子將奚先이시리
자 로 왈 위 군   대 자 이 위 정   자 장 해 선

잇고 子曰 必也正名乎인저.
    자 왈 필 야 정 명 호

〖해설〗 자로가 말했다. "위衞나라의 임금이 선생님을 기다려서 정사政事
를 하려고 하시니, 선생님은 장차 무엇을 먼저 하시렵니까!" 고 하
니, 공자께서 대답했다. "반드시 명분을 바로잡겠다."[13]고 하시었
다.

〖출전〗 《논어》 자로子路

---

13 위나라 영공靈公의 아내인 남자南子가 음행이 있자, 세자인 괴외蒯聵는 계모인 남자
를 죽이려다가 뜻을 이루지 못하고 진晉나라로 도망가 있었다. 그 후 영공이 죽자 괴
외의 아들인 첩輒이 즉위하였는데, 괴외가 본국으로 들어가려 하자, 첩은 아버지가
들어오는 것을 저지하였다. 주자朱子는 《논어집주論語集註》에서 "공자가 말씀한 정
명正名은 바로 이 문제를 바로잡으려는 것이었다." 고 하였다.

●에세이

항간에서 "명분이 서야 한다."라는 말을 많이 한다. 이는 "명분을 바로잡는다."와 같은 말이니, 현대에서는 '명분이 서야 한다.'로 말을 한다.

현대국가에서는 하나의 사업에 수천억, 또는 수조 원씩을 사용하므로, 반드시 국가와 사회와 국민을 위한다는 명분이 서야만 사업을 할 수가 있는 것이다.

세상에서 사회생활을 하면서도 명분이 있는 일을 하면 남에게 욕을 먹지 않는다. 그러나 명분이 없는 일을 하면 지나가는 사람들이 모두 한마디씩을 한다. '왜 이런 일을 하는 거야!'고 하면서, 남녀 간에 결혼식을 하는 것도 모두 명분을 쌓기 위한 하나의 행사이다. 결혼식을 한 사람에게는 어느 누구 하나 왜 남녀가 같이 사느냐고 묻지를 않는다. 그러나 남녀 간에 결혼식을 올리지 않고 같이 살면 반드시 '저 사람들은 결혼식도 하지 않고 같이 사는가!'고 한다.

이러므로 사람이 세상을 살아가면서는 반드시 명분이 있는 일을 해야 한다. 이에 공자께서는 당시 위衛나라에 제일의 급선무가 명분을 바로잡는 일이었기에 그렇게 대답하신 것이다.

높은 직위에 있는 사람은 항상 조신하고 일을 할 때에는 명분이 있는 일을 해야 한다. 자기 지위에 맞지 않는 일을 하면 국민들의 지탄의 대상이 되어서 자칫 그 자리에서 물러나야 하는 일이 생길 수도 있다. 그러므로 고관은 언제나 언행을 조심하고 공명정대하게 일을 해야 하는 것이다.

衛 : 위나라 위　待 : 기다릴 대
政 : 정사 정　將 : 장차 장　奚 : 어찌 해

91 子曰 苟有用我者면 期月而已라도 可也니 三年이면
　　자 왈 구 유 용 아 자　기 월 이 이　　　가 야　　삼 년

有成이니라.
유 성

〖해설〗 공자께서 말씀하셨다. "만일 나를 등용해주는 자가 있으면 1년만
　　　　하더라도 괜찮을 것이니, 3년이면 이루어짐이 있을 것이다."고 하
　　　　였다.

〖출전〗《논어》자로子路

●에세이

　공자께서 살던 시대는 춘추시대이니, 이때는 주周나라의 덕업이
백성들에게 미미하게나마 남아있던 시대이므로, 공자 같은 성인聖
人이 정치를 해도 백성들의 마음을 움직여서 따르게 하기까지의 시
간이 1년이 걸리고, 3년이면 치적을 이룰 수가 있다는 것이다.

　그런데 맹자는, "만약에 나를 등용해주어서 정치를 한다면 손바
닥을 뒤집는 것 같이 쉽다."고 하였으니, 그렇다면 맹자는 공자보다
도 더 잘한다는 말인가! 아니다. 이는 시대가 다르기 때문이니, 맹자
는 전국시대의 사람으로, 이때는 주周나라의 영향력이 조금도 남아
있지 않던 시대이기에 백성들의 마음을 움직이기가 쉬우므로 이렇
게 말씀한 것이다.

정치는 곧고 올바르게 해야 하는 것이니, 정치가는 곧 자기를 버리고 오직 백성들의 이익을 위해서 일을 해야 백성들이 따라오는 것이다. 오늘날의 정치인들처럼 속으로는 남몰래 뇌물을 챙기면서 겉으로는 청렴한 사람같이 행세하면, 백성들이 모르는 것 같지만 실상은 속속들이 다 알기 때문에 비판을 하는 것이다.

자기를 버리고 백성을 위해 일하는 사람을 대인大人이라 하고, 속 다르고 겉 다르며 자신의 이익만 챙기는 정치가를 소인小人이라 하는 것이다.

苟:진실로 구　用:쓸 용　我:나 아　期:기약할 기　成 : 이룰 성

92 子曰 苟正其身矣면 於從政乎에 何有며 不能正其
　　　자왈　구정기신의　　어종정호　　하유　　불능정기

身이면 如正人何오.
신　　　　여정인하

[해설] 공자께서 말씀하셨다. "위정자爲政者가 진실로 자신을 바르게 한
　　　　다면 정치하는데 어떤 어려움이 있으며, 자신을 바르게 할 수 없
　　　　다면 어떻게 남을 바르게 할 수 있겠는가!"고 하였다.

[출전] 《논어》자로子路

●에세이

　《대학大學》에 보면 "수신제가치국평천하修身齊家治國平天下"라는
말이 있다. 무슨 말인가! 하면, 자신을 수양하고 집안을 가지런하게
다스리고, 다음에는 조정에 나가서 나라를 잘 다스리고, 그런 다음
에 천하를 평화롭게 다스린다는 말이니, 이 말씀은 자기의 가정도
다스리지 못하는 자가 나라를 다스릴 수 없다는 말과 통한다.

　제일 먼저 '자신을 수양한다.'는 말은 자신이 바르게 선다는 말
과 통하니, 임기응변과 조삼모사朝三暮四하지 않고 자신을 바르게
세워서 남들이 믿을 수 있는 사람이 된다는 말이다. 그리고 집안을
잘 다스려서 사회의 모범적인 가정을 만든다는 것이다.

　이런 사람만이 나라의 중앙에 나가서 정치를 할 수 있다는 것이

니, 정직하고 올바른 사람은 남들이 모두 알아주므로, 이런 사람이 일을 하면 따르고 믿어주는 것이다.

오늘날은 공부만 잘하여 고시에 합격하면 5급 사무관이 되어서 윗자리에 앉으니, 이런 사람은 덕이 쌓이지 않아서 국민들이 믿어주지 않을 뿐만 아니라, 수신修身이 제대로 되어있지 않아서 말썽을 일으키는 경우가 많고, 넓고 멀리 보는 안목이 없어서 정책을 망치는 경우가 많다. 그러므로 수신제가修身齊家를 한 사람을 뽑아서 써야 하는 것이다. 조선조에서는 이런 사람을 추천하는 제도가 있어서 이 제도를 통해서 조정에 등용되어서 많은 치적을 이룬 사람이 많다.

從 : 좇을 종   政 : 정사 정   何 : 어찌 하   能 : 능할 능

93 葉公이 語孔子曰 吾黨에 有直躬者하니 其父攘羊
　　섭공　어공자왈　오당　유직궁자　기부양양

이어늘 而子證之하니이다. 孔子 曰 吾黨之直者는 異
　　　　이자증지　　　　공자왈　오당지직자　이

於是하니 父爲子隱하며 子爲父隱하나니 直在其中矣
어시　부위자은　　자위부은　　직재기중의

니라.

〖해설〗 섭공이 공자에게 말하였다. "우리 당黨에 몸을 정직하게 하고 행동
　　　하는 자가 있으니, 그 아비가 양을 훔치자, 아들이 이것을 고발하
　　　였습니다." 고 하니, 공자께서 말씀하셨다. "우리 당黨의 정직한 자
　　　는 이와 다르다. 아버지는 자식을 위하여 숨겨주고, 자식은 아버지
　　　를 위하여 숨겨주니, 정직함이 이 가운데 있는 것이다." 고 하였다.

〖출전〗《논어》자로子路

● 에세이

　섭공은 '아들이 아버지를 고발하는 것이 곧은 것이다.' 고 하였는
데, 공자께서는 '아버지가 아들을 숨겨주고, 아들이 아버지를 숨겨
주는 것이 바른 것이다.' 고 하였다.

　언뜻 생각하면, 섭공의 말이 더욱 옳은 말일 것 같으나 부자父子
의 관계는 특수한 관계이므로, 설사 아버지가 죄를 지었다 하더라
도 이치상 고발을 하면 안 되는 것이고, 숨겨주는 것이 정서로 보아
잘한 행동이니, 곧음이 그 가운데에 있는 것이다.

설사 죄를 지었다 하더라도 부자父子의 관계라면 어찌 고발하여 감옥에 가게 하겠는가! 만약 아비가 아들을 고발하거나, 아들이 아비를 고발하게 되면 그 즉시 부자의 가족관계는 끊어지니, 공자께서는 이런 가족의 관계를 더욱 중요시한 것이다.

국가나 사회도 가정이 기본이니, 가정이 파괴되면 사회나 국가가 온전하지 못하다. 그러므로 부자 관계가 고발로 인하여 찢어지면 국가가 찢어지는 것과 궤를 같이한다. 이에 공자께서는 국가의 기본단위인 가정을 보호하는 것이 정치의 제일 일이므로 이를 지키려 노력한 말씀이다.

수년 전에 모 제약회사 회장과 그의 아들이 회사를 놓고 재판을 한 일이 있다. 결국 아버지의 승리로 끝났지만, 이런 일이 부자간에 일어나서는 안 된다. 어떻게든 대화로 풀고 화합해야 하는데 재판에 맡겨서 끝을 내었으니 회사의 명예는 실추하고 회장 부자도 사회의 지탄의 대상이 되었었다. 현대사회에서는 이런 일이 많으니, 참으로 인륜이 땅에 떨어진 세대이다.

葉:성 섭 語:말씀 어 黨:무리 당 直:곧을 직 躬:몸 궁 攘:물리칠 양
證:증명할 증 異:다를 이 隱:숨을 은

94 樊遲問仁한대 子曰 居處恭하며 執事敬하며 與人忠
을 雖之夷狄이라도 不可棄也니라.

〖해설〗 번지樊遲가 인仁함을 묻자, 공자께서 말씀하셨다. "집에 거처함에
공손하며, 일을 집행함에 공경하며, 남을 대하기를 충성스럽게 하
는 것은, 비록 이적夷狄의 나라에 가더라도 버리지 말아야 한다."
고 하였다.

〖출전〗 《논어》 자로子路

● 에세이

사람이 집에 거처할 때는 공손하게 하여 겸손함을 드러내고, 직
장에 나가 일을 할 때에는 공경스런 마음으로 해야 하며, 남을 대할
때에는 충성스러움을 보여야 한다. 이러한 행동은 비록 다른 나라
에 가더라도 버려서는 안 되는 것으로, 사람이 항상 지녀야 할 조건
인 것이다.

인仁은 씨앗과 같은 것이니, 씨앗은 봄이 되면 어김없이 땅을 뚫
고 나와서 파란 세상을 만든다. 봄에 파란 새싹이 나와야 꽃이 피고
열매도 맺어서 사람과 조수鳥獸가 이것을 먹고 사는 것이니, 인仁은
이렇게 꼭 있어야 할 인자이다. 만약 새싹이 나오지 않으면 세상은
당장 황폐하여 망하고 마는 것이니, 인仁이 이런 역할을 하는 필수
불가결의 존재인 것이다.

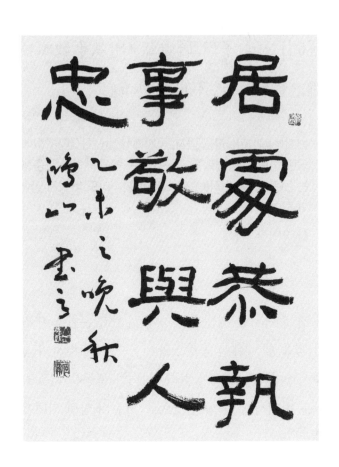

　　그러므로 번지가 인仁함을 묻자, 공자께서는 사람이 되어서 사람
이 꼭 해야 할 일, 즉 집에서는 공손하고 직장에서는 공경하고 남과
있을 때는 충성해야 한다고 말씀하신 것이다.

　樊 : 울 번　遲 : 더딜 지　居 : 살 거　處 : 처할 처　恭 : 공손 공　執 : 잡을 집
　敬 : 공경 경　忠 : 충성 충　雖 : 비록 수　夷 : 오랑캐 이　狄 : 오랑캐 적
　棄 : 버릴 기

95 子曰 南人이 有言曰 人而無恒이면 不可以作巫醫
자 왈 남 인 유언왈 인 이 무 항 불 가 이 작 무 의

라 하니 善夫라.
선 부

[해설] 공자께서 말씀하셨다. "남쪽 사람들의 말에 '사람이 항심恒心이
없으면 무당(성직자)과 의사도 될 수가 없다.' 고 하니, 좋은 말이
다." 고 하였다.

[출전] 《논어》 자로子路

● 에세이

공자께서 남쪽 지방 사람들의 속언俗言을 인용하여 자신의 의견
을 진술한 말씀이다. 항심恒心은 사람이 항상 지니고 있는 변하지
않는 마음이니, 항심이 없는 사람은 조변석개朝變夕改하여 도대체
종잡을 수가 없다.

공자께서는 '항심恒心이 없는 사람은 무당(성직자)과 의사도 될
수가 없다.' 고 하여 정치는 고사하고 일반 백성의 고민과 질병을 상
담하고 담당하는 사람도 될 수가 없다고 하였다. 여기서 말한 무巫
는 무당을 말한다. 오늘날의 목사나 신부, 절의 스님과 같은 성직자
를 말하니, 이들도 항심이 없으면 일을 할 수가 없다는 것이니, 황차
선비가 항심恒心이 없으면 정치를 하겠는가!

이곳의 항심은 믿을 수 있는 양심을 말한 것이 아닌가 한다. 사람

이 양심이 없으면 거짓말을 서슴없이 내뱉는다. 그리고도 아무런 거리낌이 없으니, 이런 사람을 어찌 믿고 일을 맡기겠는가!

사람은 사람을 보는 안목이 있어야 하니, 만약 양심이 없는 사람을 믿고 같이 일을 했다가 그 사람이 잘못되면 자칫 함께 수렁에 빠질 수가 있다. 조선조에서는 이런 수렁에 빠져서 목숨을 잃은 사람이 부지기수로 많다. 삼가고 조심해야 한다.

恒 : 항상 항 作 : 지을 작 巫 : 무당 무 醫 : 의원 의 善 : 잘한 선

96 子曰 君子는 和而不同하고 小人은 同而不和니라.
자왈 군 자 화 이 부 동 소 인 동 이 불 화

〖해설〗 공자께서 말씀하셨다. "군자는 화和하되 동同하지 않으며, 소인은 동同하되 화和하지 않는다." 고 하였다.

〖출전〗《논어》자로子路

● 에세이

화和는 맹목적으로 부화附和하지 않고 이견이나 이의를 적절하게 조절하는 것이고, 동同은 남의 의견에 맹목적으로 부화뇌동附和雷同하는 것을 말한다.

이 세상에는 군자와 소인이 혼재한다. 그러나 군자는 남을 위하여 사는 사람이므로 아주 적은 수이고, 소인은 오직 자기만을 위해 사는 사람으로 매우 다대多大한 수이다. 그러나 이 세상은 소인 때문에 돌아가는 것이 아니고 군자가 있기 때문에 돌아가는 것이다.

군자는 의인義人으로 표현할 수가 있으니, 성경의 소돔과 고모라 성을 멸망시키겠다는 야훼신의 말씀을 들으면 이해하기 쉬울 것이다.

"신神은 죄악이 많은 소돔과 고모라 성을 멸망시키려고 마음먹고 의인 아브라함에게 천사를 보내어 앞으로 소돔과 고무라 성을 멸망시키겠다고 하니, 아브라함이 의인 50인이 있어도 멸망시키겠냐고

묻는다. 신神은 의인 50인
이 있으면 멸망시키지 않겠
다고 약속하는데, 아브라함
이 생각하니 아무리 생각해
도 의인 50인이 안 될 듯하
여 45인으로 줄이고, 또 40
인으로 줄여서 물었으며 나
중에는 의인 10명만 있어도
멸망시키지 않겠다는 약속
을 받아내었는데, 결국 의인
10인이 안 되어서 소돔과 고
모라 성은 불의 심판으로 멸
망하였다."는 이야기이다.

　이곳의 의인義人은 곧 군
자君子로, 남과 세상을 위해
서 헌신하는 사람을 말한
다. 이러한 군자가 있기 때
문에 이 세상이 멸망하지
않고 돌아가는 것이다.

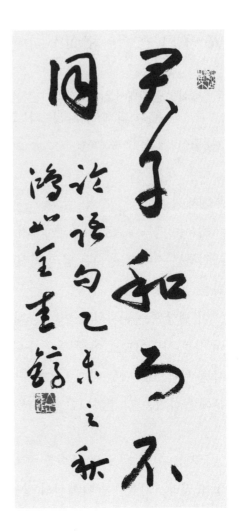

和 : 화할 화　同 : 한 가지 동

헌문편憲問篇

97 子曰 貧而無怨은 難하고 富而無驕는 易하니라.
자 왈 빈 이 무 원 난 부 이 무 교 이

【해설】 공자께서 말씀하셨다. "가난하면서 원망하지 않기는 어렵고, 부자이면서 교만하지 않기는 쉬우니라." 고 하였다.

【출전】《논어》헌문憲問

● 에세이

우리 속담에 "소도 비빌 언덕이 있어야 비빈다."라는 말이 있다. 무슨 말인고! 하니, 소는 몸집은 크고 꼬리는 짧다. 쇠파리가 소의 등에 앉아서 소의 피를 빨아먹는데 꼬리를 아무리 휘둘러봐야 그 파리를 쫓지 못한다. 그러면 소가 언덕에 대고 몸을 비비는데, 이렇게 비비다 보면 피를 빨던 쇠파리는 달아난다. 결국 언덕에 대고 비벼야 내 몸을 보존하는 것이다.

6.25전쟁 때에 이북에서 남쪽으로 넘어온 사람들이 많은데, 이들은 홀홀단신으로 넘어왔으므로 친척이 하나도 없는 경우가 많다. 그러므로 누구한테 도움을 빌 수가 없었으니, 얼마나 외롭고 고단했겠는가! 그렇기에 마음을 단단히 먹고 열심히 살았으므로, 이북에서 넘어온 사람들은 거의 부자가 되어서 잘 사는 것으로 안다.

이 사람들이 처음에는 집도 없고 돈도 없으며 의지할 곳도 없으니, 하늘을 우러러보며 얼마나 세상살이의 냉엄함을 원망했겠는가! 그러므로 가난한 자가 세상을 원망하지 않기는 어려운 것이라 한 것이다.

반면에 '부자가 교만하지 않기는 쉽다'고 했는데, 이 말씀은 가난한 자가 원망하지 않는 것보다는 쉽다는 말씀이니, 다시 말하건대, 부자가 되어서 교만하지 않기도 어려운 것이다.

요즘의 세상은 모든 일이 다 돈으로 이루어지기 때문에 돈이 많은 부자가 가난한 자를 업신여기고 깔보는 경우가 많다. 그러나 돈이 없는 자가 어찌 돈이 없기를 바라서 돈이 없겠는가! 어찌어찌하다 보니 일이 잘 풀리지 않아서 돈이 많지 않은 가난한 자가 되었을 뿐이다.

貧 : 가난 빈　怨 : 원망 원　難 : 어려울 난　富 : 부자 부　驕 : 교만할 교
易 : 쉬울 이

98 子曰 見利思義하며 見危授命하며 久要에 不忘平生
자왈 견 이 사 의   견 위 수 명   구 요   불 망 평 생

之言이면 亦可以爲成人矣니라.
지 언   역 가 이 위 성 인 의

〖해설〗 공자께서 말씀하셨다. "이로움을 보면 의義를 생각하고, 위태함을
보면 목숨을 바치며, 오래된 약속에 평소의 말을 잊지 않는다면,
또한 완전한 사람이라 할 수 있다." 고 하였다.

〖출전〗《논어》헌문憲問

● 에세이

이 말씀은 안중근 의사가 많이 휘호한 말씀이니, 당시 일제의 식
민치하에서 나라를 찾기 위해 동분서주하면서 목숨을 내놓고 활동
하다가 결국에는 대한 침략의 원흉 이토 히로부미를 총살하고 일경
에 잡혀가서 재판을 받고 사형되었으니, 이를 생각하면 자연히 고
개가 숙여진다.

나라가 위태로울 때에는 두 종류의 사람이 있으니, 하나는 목숨
을 내놓고 나라를 찾는데 동분서주하는 우국지사가 있으니, 이들을
의사義士라 부르고, 다음은 구국救國에는 마음이 없고 오직 자기의
이익에만 정신이 없는 자들이 있으니, 이들을 소인小人이라 부르는
것이다. 또한 오래된 약속도 잊지 않고 지키려고 노력해야만 성인
成人이 될 수 있다는 것이니, 이는 믿음을 말하는 것이다.

사람이 세상을 살아가
는 데는 믿음이 가장 중요
한 덕목이니, 믿음을 잃으
면 사람으로서 모든 것을
잃는 것이다.

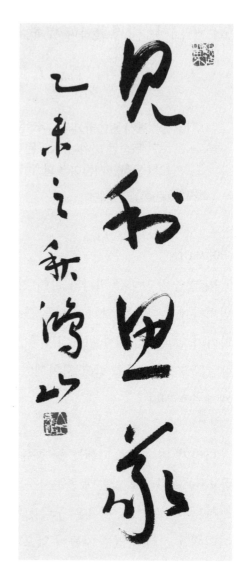

利: 이로울 이 思: 생각 사 危: 위태할 위 授: 줄 수 命: 목숨 명
要: 중요 요 忘: 잊을 망

99 子曰 君子는 恥其言而過其行이니라.
자왈 군자 치 기 언 이 과 기 행

〖해설〗 공자께서 말씀하시었다. "군자君子는 그 말을 조심하고 그 행실을
그 말보다 더한다." 고 하였다.

〖출전〗《논어》헌문憲問

●에세이

　'언행言行이 일치一致해야 한다.' 라는 말이 있으니, 곧 사람은 말
과 행실이 딱 들어맞아야 한다는 말이다. 그런데 공자께서는 이 문
장에서 '말을 조심하고 행실은 그 말한 것보다 더 지나쳐야 한다.'
고 하였으니, 행실을 중요시한 말씀이다.

　《송시기사宋詩紀事》에 보면, "말이 많은 것을 많은 사람들은 싫어
한다." 고 하였으니, 말이 많으면 결국에는 실수를 하게 되어 있다.
그리고 말을 많이 하면 그 한 말을 다 지킬 수가 없는 것이고, 그리
고 많은 사람들은 말을 많이 하는 것을 싫어하므로 이를 삼가야 한
다는 말인데, 공자께서는 말보다는 행실을 더 중요시해야 한다고
하였으니, 행실이 더욱 중요한 것임을 말씀하신 것이다.

　우리 서예계에도 말을 무척 많이 하는 사람이 있었는데, (지금은
타계했지만) 그 사람하고 모여 있으면 오직 그 사람이 처음부터 끝

까지 말을 하였고, 다른 사람에게 말할 기회를 주지 않아서 다들 그 사람 입만 쳐다보고 있다가 헤어졌는데, 이런 경우를 많은 사람이 싫어한다는 것이다.

恥 : 부끄러울 치　過 : 지날 과　行 : 행실 행

100 子曰 君子道者三에 我無能焉호니 仁者不憂하고
자 왈 군 자 도 자 삼   아 무 능 언   인 자 불 우

知(智)者不惑하며 勇者不懼니라.
지   지   자 불 혹   용 자 불 구

〖해설〗 공자께서 말씀하셨다. "군자의 도道 셋에 나는 능하지 못하니, 인
자仁者는 근심하지 않고, 지자智者는 의혹하지 않고, 용자勇者는
두려워하지 않는다."고 하였다.

〖출전〗 《논어》헌문憲問

● 에세이

인자仁者는 천지의 마음과 똑같은 마음을 가지고 있으니, 근심할
필요가 없는 사람이다. 그리고 지자智者는 많은 공부를 하여 천하
운행의 법칙을 알고, 그리고 그 사이에서 사람이 해야 할 일을 아는
사람이므로 모든 일에 의혹되지 않으며, 용자勇者는 용맹이 있는 사
람을 말하니, 의義의 일을 위해서는 목에 칼을 들이대도 마음을 변
경하지 않는 사람을 말한다.

본문에서 "군자의 도道 셋에 나는 능하지 못하다."고 한 말씀은
겸사謙辭의 말씀이다. 성인聖人은 능하지 못함이 없는 것이니, 겸사
謙辭로 능하지 못하다고 한 것이다.

군자가 가져야 할 덕목으로 '지인용智仁勇'을 꼽는데, 본문을 말
한 것으로, 맹자는 '나는 사십 살이니 어떤 일에도 의혹 되지 않는

다.'고 한 말씀은 이곳의 지智적
측면에서 말씀한 것이다.

전국시대, 조나라의 혜문왕은
그의 신하 무현繆賢이 지니고 있던
화씨벽和氏璧이라는 귀한 옥玉을
강제로 빼앗아 소장하고 있었다.
이 옥은 조나라의 이름난 보배로
서 세상에 소문이 나 있었다.

당시 서쪽에서 강대해지고 있는
진나라의 소양왕이 이 소문을 듣
고 자기가 이 옥을 가지고 싶어 했
다. 그래서 조나라에 사신을 보내
영내에 있는 15개의 성과 화씨벽
을 바꾸자고 제의했다. 조나라는
고민에 빠졌다. 이 제의를 들어주
지 않으면 그것을 구실로 전쟁을
일으킬 위험도 있고, 그냥 옥을 내
어주자니 소양왕은 옥을 받아도
제의한 15개의 성을 모르는 척 그
냥 넘어갈 사람이었기 때문이다.

이때, 무현이 나서며 말했다. "신의 식객食客 중에 지혜와 용기를 겸비한 인상여藺相如라는 사람이 있는데, 그가 이 난국을 해결할 수 있을 겁니다."고 하였고, 이에 인상여는 사신이 되어서 진나라로 출발했다. 소양왕은 조나라 사자 인상여가 가지고 온 화씨벽을 받고 기분이 좋았다. 그런데 교환 조건으로 말한 15개의 성에 대한 이야기는 아예 하지 않았다. 인상여는 이미 이런 일을 예견하고 있었으므로 조용히 앞으로 나아가 말했다. "화씨벽에 한 군데 아주 희미한 흠집이 있으므로 알려 드릴까 합니다." 소양왕은 무심코 옥을 내주었다. 이를 받은 인상여는 기둥이 있는 곳으로 물러나 소양왕을 쏘아보며 말하기를 "왕께서는 화씨벽만 받으시고 약속한 15개의 성을 내주려는 생각은 조금도 없어 보이니 일단 제가 맡아 있겠습니다. 만약 안 된다고 하시면 저의 머리로 이 옥을 기둥에 대고 부숴버릴 것입니다." 하고는 숙소로 돌아와 사람을 불러 바로 화씨벽을 조나라에 보내버렸다.

소양왕은 자기를 속인 인상여를 괘씸히 여겼으나 용기 있고 호탕한 남아라고 생각하고 정중히 대접하여 무사히 조나라로 돌려보냈다. 이후 인상여는 조나라의 상대부에 등용되었는데, 이러한 인상여의 행동을 용맹이라고 한다.

我 : 나 아 能 : 능할 능 焉 : 어조사 언 憂 : 근심 우 智 : 지혜 지
惑 : 의혹할 혹 勇 : 용맹 용 懼 : 두려울 구

101 子曰 不怨天하며 不尤人이요 下學而上達하노니 知
  자왈 불원천   불우인   하학이상달   지
我者는 其天乎인져.
아 자 기 천 호

〖해설〗 공자께서 말씀하셨다. "(나는) 하늘을 원망하지 않으며 남을 탓하
    지 않고 아래로(인간의 일) 배워서 위로 (천리天理를) 통달하나니,
    나를 알아주는 이는 하늘일 것이다." 고 하였다.

〖출전〗 《논어》 헌문憲問

●에세이

  좋은 시운時運을 얻지 못하여도 하늘을 원망하지 않고 사람에게
부합하지 못하여도 사람을 탓하지 않으며, 다만 아래로 인간의 일
을 배워서 자연스럽게 위로 천리天理를 통달하는 것만 아는 것이니,
이는 단지 자기 몸에 돌이켜 스스로 닦아서 순서를 따라 점점 나갈
뿐이요, 남과 매우 다르게 하여 알아줌을 이루게 함이 없음을 말씀
한 것이다.

  사람이 세상에서 공부를 많이 하면 자연스럽게 사람들이 알아주
는 것이다. 그러나 이를 알아주지 못하는 경우도 있으니, 이렇게 되
면 화가 치밀어서 자칫 하늘을 원망하고 남을 탓하는 일이 많은 것
을 필자도 많이 경험했다. 그러나 이는 시운時運이 맞지 않는 것이
니, 하늘을 원망하고 남을 탓한들 무엇하랴!

그러므로 《논어》의 가장 첫머리에 "남이 알아주지 않되 나는 원망하지 않으면 군자君子가 아니겠는가! 인부지이불온人不知而不慍, 불역군자호不亦君子乎."고 하여, 이런 사람을 진정한 군자라고 부자夫子께서는 말씀하신 것이다.

'하학이상달下學而上達'은 아래로 인간의 일을 배우면 자연스럽게 위로 천리天理를 통달하게 된다는 말씀으로, 사람은 먼저 우리가 살아가는 이 세상의 일을 배우고 다음에 하늘의 일을 배워야 하는 것이니, 이것이 사람이 살아가는 바른 도道인 것이다.

怨:원망할 원 尤:허물 우 學:배울 학 知:알 지 我:나 아

102 子曰 道之將行也與도 命也며 道之將廢也與도
자 왈　도 지 장 행 야 여　　 명 야　　도 지 장 폐 야 여

命也니라.
명 야

【해설】 공자께서 말씀하셨다. "도道가 장차 행해지는 것도 명命이며, 도道
　　가 장차 폐廢해지는 것도 명命이니라." 라고 하였다.

【출전】《논어》헌문憲問

●에세이

　남풍이 불고 날씨가 따뜻해지면 어느새 꽃이 피고 잎이 나는 것
도 천天이 운행하는 것이고, 더욱 무더워져서 수림은 울창하고 전답
田畓에는 곡식이 무성해지는 것도 천명天命이 행해지는 것이다.

　반면에 1914년에 세월호가 침몰하여 단원고 학생 300여 명이 죽
은 것은 도道가 폐廢해지는 것이니, 이도 또한 천명이 행해지는 것
이다.

　수년 전에 일본에 쓰나미가 원전을 덮쳐서 많은 희생을 치른 것
도 또한 천명이 행해지는 것이고, 2015년에 네팔에 지진이 발생하
여 수천 명이 희생된 것도 또한 명命이 행해지는 것이니, 이를 사람
이 어찌할 수가 없는 것이다.

　천지의 이理가 행해지는 것을 요즘 사람들은 '자연의 현상' 이라
고 한다. 그러나 고인古人들은 천지자연을 관할하는 주재자가 있는

것으로 보고 말씀을 했으니, 은殷나라 탕湯왕은 7년 대한大旱에 하늘에 제사를 올리면서 다음과 같이 기도했다.

"첫째, 내가 항상 올바른 정치를 해왔던가? 둘째, 모든 백성들에게 일자리를 마련해 주었던가? 셋째, 내가 혹시 호화로운 생활을 하지 않았던가? 넷째, 내 가족들이 혹시 민폐를 끼치지 않았나? 다섯째, 관리들이 뇌물 수수 등 부정부패가 없었나? 여섯째, 간악한 자들의 사심에 의한 인사가 없었나?"고 했으니, 이는 세상을 주재하는 하늘을 하나의 인격적인 주재자로 보고 기도를 올린 것이다.

道:길 도 將:장차 장 與:더불어 여 命:목숨 명 廢:폐할 폐

103 子路問君子한대 子曰 修己以敬이니라 曰 如斯而
자로문군자　　자왈　수기이경　　　　왈　여사이

已乎잇가 曰 修己以安人이니라. 曰 如斯而已乎잇
이호　　왈　수기이안인　　　　왈　여사이이호

가 曰 修己以安百姓이니라. 修己以安百姓은 堯舜
　왈　수기이안백성　　　　수기이안백성　요순

도 其猶病諸시니라.
기유병저

[해설] 자로子路가 군자에 대하여 물으니, 공자께서 "경敬으로써 몸을 닦
는 것이니라." 하셨다. (자로가) "이와 같을 뿐입니까!" 하고 묻자,
"몸을 닦아서 사람들을 편안하게 하는 것이다." 하셨다. 다시 "이
와 같을 뿐입니까!" 하고 묻자, 다음과 같이 말씀하셨다. "몸을 닦
아서 백성을 편안하게 하는 것이니, 몸을 닦아서 백성을 편안하게
함은 요순堯舜께서도 오히려 부족하게 여기셨다."고 하였다.

[출전] 《논어》 헌문憲問

● 에세이

경敬은 항상 조심하고 깨어있는 것을 말한다. 자기를 수양하는데
경敬으로써 한다는 것은 항상 몸을 삼가고 조심한다는 뜻이 된다.

자로가 군자君子에 대하여 물으니, 공자께서는 "자신을 수양하는
데 경敬으로 하라."고 말씀하시었고, 자로가 "이것뿐입니까!" 하니,

"몸을 닦고 사람들을 편안하게 해야 한다."고 하였고, 자로가 또
"이것뿐입니까!" 하니, "몸을 닦고 백성을 편안하게 해야 한다."고
하시면서, "이 일은 요순堯舜도 오히려 부족하게 여겼다."고 하였다.

군자君子의 학문은 먼저 자신을 수양하고 다음에는 사람들을 편안하게 해야 하고, 또 다음에는 백성들을 편안하게 해야 하는데, 이때는 이미 나라에 벼슬을 하여 높은 자리에 앉아서 어떻게 하면 국민들을 편안하게 잘 살 수 있게 만드는가! 를 고민하는 때이다.

백성을 편안하게 하는 정치는 성군聖君인 요순堯舜께서도 오히려 부족하게 여겼다고 했으니, 이는 잘하면 잘할수록 더 어려운 일인 것이다.

우리 유학儒學의 기본은 공부를 많이 해서 벼슬을 하고, 그리고 정치를 잘해서 백성들이 모두 근심 걱정 없이 잘 살게 해야 하는 것이다. 그러므로 치국평천하治國平天下의 학문이 되는 것이다.

修 : 닦을 수 敬 : 공경 경 斯 : 이 사 姓 : 성 성 堯 : 요임금 요 舜 : 순임금 순
猶 : 오히려 유 病 : 병 병

위령공편衛靈公篇

104 子曰 無爲而治者는 其舜也與신저 夫何爲哉시리오
　　　자왈 무위이치자　유순야여　　　부하위재

恭己正南面而已矣시니라.
공기정남면이이의

〖해설〗 공자께서 말씀하셨다. "무위無爲(저절로)로 다스린 자는 순舜임금
　　　이실 것이다. 무엇을 하셨는가? 몸을 공손히 하고 남면南面을 하
　　　였을 뿐이셨다."고 하였다.

〖출전〗 《논어》위령공衛靈公

●에세이

　무위無爲로 다스렸다는 것은 성인聖人의 성대한 덕德에 백성이 교
화되어서 작위作爲함을 기다리지 않는 것이다. 유독 순舜임금만을
일컬은 것은 요堯임금의 뒤를 이었고, 또 많은 인재를 얻어 여러 직

책을 맡기었기 때문에 더욱 유위有爲의 자취를 볼 수가 없다.

자고自古로 성군聖君은 덕이 많기 때문에 남면南面하고 앉아있는 것 자체로 백성들은 따라온다. 성군은 자신이 시시콜콜 모든 일을 다 하는 것이 아니고 현명한 신하를 요소요소에 배치하고 일을 할 수 있도록 맡기는 것이다. 그러므로 성군은 하는 것이 없는 것처럼 보이는 것이다.

《맹자孟子》에 보면 "순舜은 저풍諸馮에서 출생하고 부하負夏로 옮겼으며 명조鳴條에서 졸卒하시니, 동이東夷의 사람이다.(孟子曰舜生於諸馮遷於負夏卒於鳴條東夷之人也.)"라고 했으니, 순임금은 곧 동이족이고 우리와 같은 민족임을 알 수가 있다.

治:다스릴 치 舜:순임금 순 恭:공손 공 面:낯 면

105 子曰 言忠信하며 行篤敬이면 雖蠻貊之邦이라도 行
　　　자왈 언충신　　　행독경　　　수만맥지방　　　　　행

矣어니와 言不忠信하며 行不篤敬이면 雖州里나 行
의　　　　언불충신　　　행불독경　　　수주리　　　행

乎哉아.
호 재

〖해설〗 공자께서 말씀하셨다. "말이 충성스럽고 믿음이 있고 행실이 독
후篤厚하고 공경스러우면, 비록 오랑캐나라라 하더라도 행해질
수 있거니와, 말에 충성스러움과 믿음이 없으며 행실이 독후篤厚
하고 공경스럽지 못하면, 비록 주리州里(중국)라 하더라도 행해지
겠는가!" 라고 하였다.

〖출전〗《논어》위령공衛靈公

●에세이

　사람의 말은 믿음이 있어야 하고 행실은 돈독하고 공경스러워야
하니, 이런 사람은 비록 오랑캐의 지역에 있더라도 사람들이 그의
행위를 인정하고, 만약 말에 믿음이 없고 행실이 공경스럽지 못하
면 비록 중국의 중앙에 살지라도 사람들이 인정하지 않을 것이라는
말씀이다.

　정직하고 올바른 사람은 주위의 사람들이 모두 알아주니, 그가
무슨 말을 하더라도 믿어주고 그가 하는 행위에 협조한다.
　일전에 현직 국무총리가 뇌물수수사건에 휘말려서 결국 국무총리

직을 사퇴했는데, 그 진위를 떠나서 총리의 대응은 문제가 많았으니, 매일 말을 바꾸고 변명을 늘어놓기에 바빴다. 이렇게 일관성이 없는 답변에 국민들은 총리의 말에 믿음을 주지 않았으므로 결국에는 사퇴할 수밖에 없었던 것이다.

큰일을 하려는 사람은 첫째 청렴해야 한다. '황금을 보기를 돌같이 하라' 라는 말도 있지 않은가! 그래야 국가와 국민을 위하여 큰일을 하는 것이지, 작은 뇌물에 눈이 어두운 사람은 이미 큰일을 할 자격이 없는 사람이다. 이런 작은 이익을 탐하는 사람에게 큰일을 맡기면 더 큰 이익을 탐하게 되니 국가적으로 큰 손해가 온다.

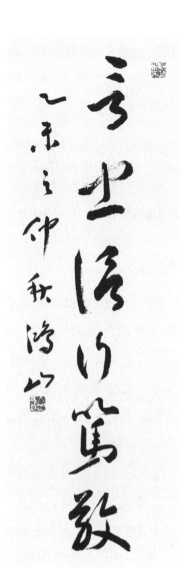

忠 : 충성 충　信 : 믿을 신　篤 : 도타울 독　敬 : 공경 경　雖 : 비록 수
蠻 : 오랑캐 만　貊 : 오랑캐 맥　邦 : 나라 방

106 子曰 直哉라 史魚여 邦有道에 如矢하며 邦無道에
자왈 직재 사어 방유도 여시 방무도

如矢로다.
여시

〖해설〗 공자께서 말씀하셨다. "정직하다 사어史魚여, 나라에 도道가 있을
　　　　때에도 화살처럼 곧으며, 나라에 도道가 없을 때에도 화살처럼 곧
　　　　도다." 고 하였다.
〖출전〗 《논어》위령공衛靈公

● 에세이

　《공자가어孔子家語》에 보면, "사어史魚는 죽을 적에, 자신이 평소
에 어진 거백옥蘧伯玉을 등용하지 못하고 불초한 미자하彌子瑕를 물
리치지 못했다 하여, 빈객의 자리에 빈소殯所를 하지 말고 시신을
창문 아래에 두게 하였다. 영공靈公이 조문 와서 이것을 보고는 그
곡절을 안 다음 자신의 소행을 크게 뉘우쳤다." 고 한다.

　정치라는 것은 정말 오묘막측奧妙莫測하여, 꼭 들어서 써야 할 사
람도 들어 쓰지 못하는 경우가 있고, 그리고 써서는 안 될 사람을 주
위의 분위기에 휘말려서 쓰게 되는 경우가 있는데, 사어史魚의 경우
가 꼭 이런 경우이다. 이에 사어는 죽어서까지 시신으로 간諫하여
바로잡았으므로 공자께서 칭찬한 것이다.

사어史魚는 여기서 공자께 칭찬을 받았기에,《천자문千字文》에 "사어史魚는 곧음을 잡았다. 사어병직史魚秉直"이라는 문장이 나온다. 이 얼마나 영광된 일인가! 천추千秋에 곧은 사람으로 그 이름을 빛내었으니 하는 말이다.

필자는 소년 시절에 길을 걸어가는데 당시 1,000환짜리 돈이 길에 떨어져서 바람에 날려 굴러가는 것을 보고도 이를 줍지 않은 일이 있는데, 왜냐면 내 돈이 아닌 남의 돈은 취하지 않는다는 곧은 마음이 있었기 때문이다. 지금도 이따금씩 그때의 생각이 난다. 사실 남이 보지 않는 곳에서 곧은 마음을 유지하기란 정말 어려운 것이니, 그러므로 조선조 김집金集 선생이 호를 '신독재愼獨齋'로 하였던 것이다. 이러한 것을 '심학心學'이라고 하는 것이다.

直 : 곧을 직　邦 : 나라 방　矢 : 살 시

107 子曰 君子哉라 蘧伯玉이여 邦有道則仕하고 邦無
자 왈 군 자 재   거 백 옥   방 유 도 즉 사   방 무

道則可卷而懷之로다.
도 즉 가 권 이 회 지

〔해설〕 공자께서 말씀하셨다. "군자답다. 거백옥이여! 나라에 도道가 있
으면 나가서 벼슬하고, 나라에 도道가 없으면 거두어서 품어(감추
어) 두는구나!"고 하였다.

〔출전〕《논어》위령공衛靈公

●에세이

원래 군자君子는 나라에 도가 있으면 나가서 벼슬하여 자신의 도
를 펼치고, 나라에 도가 없으면 벼슬을 그만두고 나와서 나의 몸을
더럽히지 않는 것이다.

거백옥은 군자이기 때문에 손임보孫林父와 영식甯殖이 군주君主
를 추방하고 시해하려는 모의에 대답하지 않고 나왔으므로 공자께
서 잘했다고 칭찬한 것이다.

거백옥의 이름은 거원蘧瑗이니, 춘추시대 위衛나라 사람으로 자
가 백옥이다. 영공靈公 때 대부大夫를 지냈다. 겉은 관대하지만 속은
강직한 성품으로, 자신은 바르게 했지만 남을 바르게 하지는 못했
다. 전하는 말로, 나이 50살에 49년 동안의 잘못을 알았다고 한다.
잘못을 고치는 데 늑장을 부리지 않았다. 오吳나라의 계찰季札이 위

나라 찬허贊許를 지나가면서 군자君子라 여겼다. 공자孔子가 그의 행실을 칭찬하여 위나라에 이르렀을 때 그의 집에 머물렀다.

필자의 16대조 송정松亭 전팽령全彭齡[14] 공은 상주목사로 치사致仕한 뒤에 가선嘉善에 승급되어서 강원도관찰사와 예조참판에 제수되었는데, 나이가 많다는 이유로 사직상소를 세 번씩 여섯 번이나 올리고 끝내 벼슬길에 오르지 않았다. 이렇게 선비는 자신이 벼슬길에 나갈 것인지, 나가지 않을 것인지를 분명히 하여야 한다. 조선의 양식 있는 선비들은 거의가 이렇게 '물러나는' 것을 분명히 했다고 한다.

蘧 : 풀이름 거　伯 : 맏 백　邦 : 나라 방　仕 : 벼슬 사　卷 : 거둘 권　懷 : 품을 회

---

14 전팽령全彭齡 : 1480(성종 11)~1560(명종 15). 조선 중기의 문신. 본관은 옥천沃川. 자는 숙로叔老, 호는 송정松亭. 오례五禮의 증손으로, 할아버지는 효순孝順이고, 아버지는 참판 응경應卿이며, 어머니는 좌사간 김사렴金士廉의 손녀이다. 1504년(연산군 10)에 사마시에 합격하여 생원이 되고, 1524년(중종 19)에 별시문과에 병과로 급제하였다. 형조와 공조의 좌랑과 정랑을 역임한 뒤, 이어서 사도시첨정司䆃寺僉正 · 성균관사성 · 통례원우통례 · 평안평사 · 단천군수, 삼척과 밀양의 부사를 역임하였다. 1550년(명종 5)에 상주목사로 나가 청렴한 치정을 하여 청백리의 별칭인 염근廉謹에 선발되어 통정通政에 특승되었다. 1559년에 가선嘉善에 승직, 부호군이 되었다.

108 子曰 志士仁人은 無求生以害仁이요 有殺身以成
　　　자 왈 지 사 인 인　　무 구 생 이 해 인　　　유 살 신 이 성

仁이니라.
인

〔해설〕 공자께서 말씀하셨다. "지사志士와 인인仁人은 삶을 구하여 인仁을
　　　　해침은 없고, 몸을 죽여서 인仁을 이루는 경우는 있다." 고 하였다.

〔출전〕《논어》위령공衛靈公

●에세이

　지사志士는 마음에 큰 뜻을 품은 선비이니, 일제시대에 잃어버린
나라를 구하려는 안중근의사 같은 사람을 말하고, 인인仁人은 큰 덕
을 이룬 사람을 말하니, 실의에 빠진 국민에게 하나의 빛으로 나타
나고 하나의 사랑으로 나타나는 사람을 말하는데, 공자 같은 사람
을 말한다고 해야 할듯하다.

　국가가 어려움에 처하면 지사志士와 의인義人이 많이 나타나는
데, 이들은 오직 나라와 백성들의 안위를 위해서 몸을 내던지는 사
람들이다.

　요즘은 일제시대의 지사들을 많이 열거하나, 조선조 임진왜란 때
에도 목숨을 건 지사와 영웅들은 수없이 많았다.

　지금 연속극으로 방영하는 '징비록'에도 많은 지사들이 나오지
만, 하나하나 열거하면 이순신 장군, 고경명 선생, 조헌 선생, 곽재

우 선생, 김시민 선생, 전승업 선생 등 많은 지사(의사)들이 있다.

'살신성인殺身成仁'은 꼭 죽어야 할 때에 죽는 사람을 말하니, 충남 보령시 성주면에 임란공신을 모신 "호국사"가 있는데, 이곳에는 임란공신 이항복 선생을 위시한 403위의 충령忠靈의 위패를 모시고 있는 서원이다.

이곳에 모신 공신들은 모두 나라가 위기에 처했을 때에 의기를 들고 왜적과 싸우다 순절한 의사들이 대부분이니, 이런 사람들을 살신성인殺身成仁한 사람들이라 볼 수가 있다.

임진왜란 등 난리에는 나

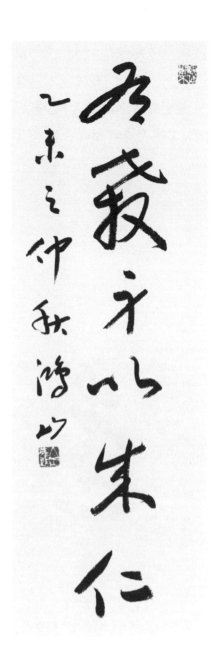

라를 위해 적과 싸우다가 흔적없이 사라진 위대한 영령들이 너무도 많다. 필자가 관계하는 '금산에서 순절한 칠백의사'를 보아도, 당시 상민과 노복들도 같이 나가서 싸웠으나 지금은 이들의 이름을 기억하는 사람이 하나도 없다. 참으로 안타까운 일이다.

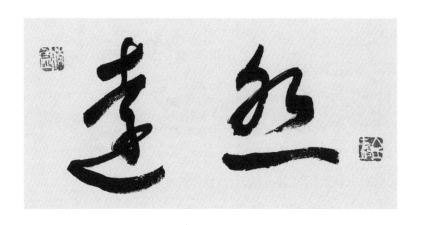

志 : 뜻 지 求 : 구할 구 害 : 해할 해 殺 : 죽일 살

109 子曰 躬自厚而薄責於人이면 則遠怨矣리라.
자 왈 궁 자 후 이 박 책 어 인   즉 원 원 의

【해설】 공자께서 말씀하셨다. 몸소 자책하기를 후하게 하고, 남을 꾸짖기를 적게 하면 원망함이 멀어질 것이다.

【출전】《논어》위령공衛靈公

● 에세이

  수일 전 새벽에 조깅을 하면서 84세의 노인을 만나서 같이 이야기를 하면서 길을 걸었는데, 이 노인은 말을 하면 언제나 남을 비판하는 말이 먼저 나왔다. 일례로, 길가 공원에 놓인 좌대석이 비싼 대리석을 공원 가에 한 줄로 늘어놓은 것을 보고는 "시장이 돈이 많이 들어가는 비싼 공사를 하고 이익을 챙겼다."고 하는 식이었으니, 이런 사람은 자신의 잘못은 돌아보지 않고 무조건 남을 힐난하는 사람이므로, 필자는 며칠 후에 같이 온 사람에게 "가까이 사귈 사람은 아닙니다."고 말한 기억이 난다.

  본문에 보면 공자께서는 "나를 자책하기를 많이 하고, 남을 꾸짖기를 적게 한다면, 남이 나를 원망함이 멀어질 것이다."라고 말씀하신 것이니, 사회생활을 하는 데 있어서 오늘날에도 딱 들어맞는 절묘한 말씀이다.

  진리는 예나 지금이나 모두 들어맞아야 하는데, 지금으로부터

2500년 전에 하신 말씀이 오늘날 우리들이 사는 세상에도 딱 들어 맞는다.

성인聖人은 천지 우주로 더불어 하나가 된 사람을 말하니, 성인의 말씀이 어찌 세상이 변했다고 들어맞지 않겠는가!

躬 : 몸 궁 厚 : 두터울 후 薄 : 엷을 박 責 : 꾸짖을 책 怨 : 원망 원

110 子曰 君子는 義以爲質이요 禮以行之하며 孫(遜)
　　　　자 왈 군 자　　의 이 위 질　　　예 이 행 지　　손 손

以出之하며 信以成之하나니 君子哉라.
이 출 지　　신 이 성 지　　　　군 자 재

〔해설〕 공자께서 말씀하셨다. "군자君子는 의義를 바탕으로 삼고, 예禮로
　　　　써 그것을 행하며, 겸손함으로써 그것을 내며, 신信으로써 그것을
　　　　이루나니 이것이 군자이다."고 하였다.

〔출전〕《논어》위령공衛靈公

●에세이

　의義라는 것은 옳은 것을 말하니, 옳은 행위, 옳은 뜻, 옳은 마음
이다. 이를 바탕으로 하여 예절 바르게 행하는 것이고, 예절이 있는
중에 겸손이 나타나야 하고, 그리고 신실한 믿음으로 일을 이루는
것이니, 이런 사람을 군자라 하는 것이다.

　맹자는《맹자孟子》에서 의리학義理學을 설파했으니, 즉 대의大義
와 소리小利로 대별大別하고, 대의大義를 좇는 사람을 군자君子라 하
고, 소리小利를 좇는 사람을 소인小人이라고 규정하였으니, 대의를
좇는 군자는 항상 국가와 사회를 위하여 일을 하고, 소리小利를 좇
는 사람은 언제나 자신의 이익을 좇는다고 하였다.

　사람을 평할 때에 대의大義를 좇느냐, 아님 소리小利를 좇느냐에
따라서 대인과 소인으로 나뉘는 것이니, 국가의 일을 하는 사람이

禮以人行
信以成之

乙未之晚秋於水虎山房鴻山

라면 반드시 대의大義를 좇아서 일을 해야 하는 것이다.

　근래 우리나라 해군과 공군의 전력증강을 위하여 정부에서 수천억 원씩을 들여서 국가방위사업을 하는데, 해군과 공군에서 고위직에 있는 사람과 고위직에 있다가 전역한 사람들이 암암리에 군수업체를 도와주면서 '가짜 제품을 들여와서 마치 진짜처럼 속여서 납품했다.'고 한다. 물론 그러는 과정에서 뇌물이 오간 것은 물론 수사에 걸려서 구속된 장성이 여러 명이다. 이런 장성은 국가에 필요없는 쓰레기에 불과한데, 어떻게 이런 사람이 대한민국의 장성이 되었는가! 물론 장성이 되는데도 뇌물이 오갔을 것이니, 이런 부정과 불합리한 구조를 개선하지 않고는 국가가 바로 서지 못하는 것이다.

義 : 옳을 의　質 : 바탕 질　禮 : 예도 례　孫 : 겸손 손　遜 : 사양할 손
信 : 믿을 신

111 子曰 君子는 病無能焉이요 不病人之不己知也
니라.

【해설】 공자께서 말씀하셨다. "군자君子는 자신의 무능함을 병으로 여기고, 남이 자기를 알아주지 않음을 병으로 여기지 않는다."고 하였다.

【출전】《논어》위령공衛靈公

● 에세이

전에 작고한 김수환 추기경이 한 말씀인 "내 탓이요"라는 말이 유행한 적이 있다. 잘못된 일을 남에게 돌리지 말고 나의 탓으로 돌리라는 뜻으로, 위 본문의 뜻과 상통한다.

군자는 자기가 무능해서 많은 일을 하지 못함을 탓하고, 절대로 남이 나를 알아주지 않음을 탓하지 말라는 말씀이다. 필자도 자주 경험하는 일이지만 무슨 일이 잘 되지 않으면 세상과 남을 탓하였으니, 이런 사람의 마음을 공자께서는 지금으로부터 2500년 전에 벌써 아시고 이렇게 말씀하신 것이다.

필자는 1961년에 서당에 입학하여 한문을 배우면서 붓글씨를 쓰기 시작하였고, 군대를 제대하고 1975년에 동방연서회에 입회하여 여초 김응현 선생의 지도를 받으면서 서예를 공부하기 시작하여 2015년 오늘까지 붓을 손에서 놓지 않았으니, 꼭 54년이 되었다.

당대 최고의 선생께 서예를 공부하였지만, 부조리한 대한민국서예대전(국전)을 멀리했기 때문에 국전의 초대작가가 되지 못하였다. 하지만 금년(2015)에 대한민국 서예대전(국전)의 심사(감수)를 했으니, 다녀간 서예 공부를 한 한을 푼 셈이다.

그러나 대한민국 서예대전(미협)의 서예 감수를 해본 결과 글씨가 엉망인 작품이 부지기수였다. 심지어 완성된 작품 중에 한 획도 옳게 쓰지 못한 작품이 버젓이 특선과 입선에 오른 것을 보고 필자는 생각했다. "이제 대한민국 서예대전은 죽었다." 그러므로 필자는 "이런 심사를 내가 하다니" 하고 후회하였다.

"군자는 남이 나를 알아주지 않음을 병으로 여기지 않는다."고 했는데, 위에 쓰인 필자의 서력書歷을 보면, 남을 탓하지 않는다는 것이 쉬운 일은 아니다. 그래도 대한민국에서 서예를 제일 잘한다는 단체인 동방서법탐원회의 총회장이 되었으니, 대단하지 않은가?

病 : 병 병 能 : 능할 능 焉 : 어조사 언 知 : 알 지

112 子曰 君子는 矜而不爭하고 群而不黨이니라.
자 왈 군 자   긍 이 부 쟁   군 이 불 당

〔해설〕 공자께서 말씀하셨다. "군자君子는 씩씩하되 다투지 않으며, 무리를 짓되 편당하지 않는다." 고 하였다.

〔출전〕《논어》위령공衛靈公

● 에세이

씩씩함으로 자기 몸을 지키는 것을 긍矜이라 한다. 그러나 패려悖戾한 마음이 없으므로 다투지 않는 것이다. 화협함으로 여러 사람과 처處하는 것을 군群이라 한다. 그러나 아부하는 뜻이 없으므로 편당하지는 않는 것이다.

요즘 우리나라 사람들은 정치인(국회의원)을 제일로 싫어한다. 왜 이런 현상이 일어났는가! 국회의원 개개인을 보면 모두 똑똑하고 유능한 사람이지만, 국가의 일을 하면서 언제나 자기 당과 자기 개인을 위해 일하는 모습을 국민들이 모두 보았기 때문에 이를 싫어하는 것이다. 그리고 본문에서 "무리 짓되 편당하지 않는 것이 군자이다."라고 했는데, 우리나라 국회의원들은 모두 자기 당과 자기의 이익만을 위하고 있으니, 이는 소인小人의 대표격이라고나 할까! 그러므로 국민은 싫어하는 것이다.

필자가 고희古稀가 가깝도록 살면서 느낀 점은, '이 세상에서 자기 한 몸 지키기가 어렵다.' 라는 것이었으니, 세상이 온통 부정과 야합, 그리고 아부로 엉켜 있어서 도대체 그 속에 몸을 담그지 않으면 외톨이가 되어서 돌아오는 것이 없었다. 필자는 지금껏 아내 한 사람 건사하기도 어려운 실정이니 한심한 것인가! 무능한 것인가!

秤:씩씩할 긍 爭:다툴 쟁
群:무리 군 黨:무리 당

113 子貢이 問曰 有一言而可以終身行之者乎잇가! 子
　　　자공　문왈유일언이가이종신행지자호　　　자

曰 其恕乎인저 己所不欲을 勿施於人이니라.
왈 기서호　　　 기소불욕　 물시어인

〖해설〗 자공이 "한 말씀으로써 종신토록 행할 만한 것이 있습니까!" 하고
　　　　 묻자, 공자께서 말씀하셨다. "서恕일 것이다. 자기가 하고자 하지
　　　　 않는 것을 남에게 시행하게 하지 말라는 것이다."고 하였다.

〖출전〗《논어》위령공衛靈公

●에세이

　사람의 도리는 인仁에서 극진해진다. 종신토록 실천할 만한 일을
물으면, 당연히 인仁이라고 말해야 하는데, 인仁은 심오하니 어느
곳에서부터 착수하여 실천할 수 있겠는가. 그러므로 '배려심(恕)'
이라는 글자를 끄집어내고 또 '서恕'를 행하는 방도를 말하였다. 만
약 '서恕'를 제대로 실천한다면, 인仁을 극진하게 다할 수가 있다.

　대체로 인생이 가는 길은 홀로 살아갈 수 없고 반드시 다른 사람
을 필요로 해서 살아간다. 사람을 필요로 해서 생활해 가니, '서恕'
가 아니면 하루도 살 수가 없다. 가까이는 부자·부부·형제로부터
멀리는 세계인에 이르기까지, 세세하게는 금수와 초목까지 '서恕'
를 행하면 모든 관계에서 그 합당함을 얻게 될 것이고, '서恕'하지
못하면 어긋나 동떨어지고 어지럽혀져서 망하게 된다. 그렇다면 종

己所不欲勿施於人

신토록 행하는 것이 어찌 '서恕'에서 벗어날 수 있단 말인가.

자신의 터럭 하나를 뽑아 천하의 이익이 되더라도 하지 않는 사람은[15] 홀로 사는 자이니, 어찌 사람 노릇을 할 수 있겠는가. 그렇다면 정수리부터 갈아 발끝에 이르더라도 행하는 일[16]을 인仁이라고 할 수 있겠는가. 이웃집의 아버지를 자신의 아버지와 동일하게 본다면, 이는 자신의 아버지를 이웃집 아버지같이 여기는 꼴이다. 이는 심하게 '서恕' 하지 않는 경우이니, 어찌 인이라 할 수 있겠는가.

貢:바칠 공 終:마침 종 身:몸 신 恕:용서 서 欲:하고자 할 욕
施:베풀 시

15 《맹자》〈진심盡心 상上〉에, 양주楊朱는 자신의 터럭 하나를 뽑아서 천하를 이롭게 할 수 있다 하더라도 그렇게 하지 않을 사람이라고 맹자의 비판을 받았던 내용이 있다.

16 《맹자》〈진심盡心 상上〉에, 맹자는 묵적墨翟의 겸애설兼愛說이 자기의 정수리부터 갈아 발끝에 이르더라도 천하를 이롭게 하는 일이라면 할 것이라고 비판하였다.

114 子曰 巧言은 亂德이요 小不忍則亂大謀니라.
자 왈 교 언 난 덕 소 불 인 즉 난 대 모

【해설】 공자께서 말씀하셨다. "공교롭게 잘하는 말은 덕德을 어지럽히
고, 작은 것을 참지 못하면 큰 계획을 어지럽힌다."고 하였다.

【출전】《논어》위령공衛靈公

● 에세이

선비가 하는 말은 믿음이 있어야 한다. 만일 믿음을 잃으면 비록
당장 하늘이 '무너진다.'고 해도 남들이 믿어주지 않는다. 그래서
선비는 확실한 말을 뱉어야 하는 것이다.

그런데 요즘 정치인들의 말을 들어보면 무슨 말을 하는지를 알지
못할 정도로 교언巧言을 하는 자가 많다. 그리고 말미에는 상투적으
로 이는 '국민의 뜻이다.'라고 하면서 끝을 맺는데, 이런 교언巧言
을 국민들은 하나도 믿지 않는다.

오죽하면 야당지역인 전라도 화순 곡성에서 여당을 찍어주는 이
변이 일어났겠는가! 이는 정치인의 교언巧言을 믿지 않겠다는 국민
들의 마음인 것이다.

그리고 '작은 것을 참지 못하면 큰 계획을 어지럽힌다.'고 하였
는데, 이 말씀은 꼭 필자를 보고 하신 말씀 같다. 필자는 성격이 급
하고 곧아서 남이 잘못하는 꼴을 보지 못한다. 그러므로 좀 마음에

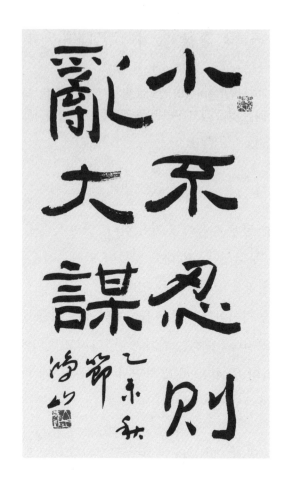

안 드는 일을 만나면 곧장 큰 소리가 나오는데, 이렇게 해서 손해를 본 경우가 많다. 그래서 다음부터는 그렇게 하지 말아야지 하면서도, 그다음에 또 심상心傷하는 경우를 보면 참아내지 못하는 경우가 있다.

巧 : 공교할 교　亂 : 어지러울 란　德 : 덕 덕　忍 : 참을 인　謀 : 꾀 모

115 子曰 吾嘗終日不食하며 終夜不寢하여 以思호니 無
자 왈 오 상 종 일 불 식　 종 야 불 침　 이 사　 무

益이라 不如學也로라.
익　 불 어 학 야

【해설】 공자께서 말씀하셨다. "내 일찍이 종일토록 먹지 않고 밤새도록
　　　　자지 않고서 생각해 보니, 유익함이 없었다. 배우는 것만 못하였
　　　　다."고 하였다.

【출전】《논어》위령공衛靈公

●에세이

'면벽面壁'이라 하여 종일 벽면을 바라보면서 생각하는 것을 유
가儒家에서는 관觀공부라고 한다. 면벽面壁을 하다가 어떤 사람은
'모란꽃이 핀 것을 보았다.'고 하고, 또 어떤 사람은 '혀를 널름대
는 뱀을 보았다.'고 하는 소리를 들은 기억이 있다.

부자夫子(공자)께서 하신 말씀이 이를 말씀하신 것이 아닌가 한
다. 지족선사가 황진이의 교태에 넘어가서 '10년간 면벽面壁한 공
부가 하루아침에 나무아미타불이 되었다.'라는 속언이 있지 않은
가!

그래서 '모르는 것은 배우는 것만 한 것이 없다.'라 하셨는데, 옳
은 말씀이다. 사람이 태어나면서부터 아는 사람은 없는 것이다. 모
든 사람이 스승을 모시고 배우는 것이니, 배우는 것을 좋아하면 선

비가 되는 것이고, 배우는 것을 싫어하면 농부나 공인工人이 되는 것이다.

　공자께서는 호학好學하는 것을 가장 좋아하셨는데, 제자 중에 누가 호학好學합니까! 하고 물으니, '안연顔淵이 호학好學한다.'고 하시면서 기뻐하셨다는 말이 논어에 나온다. 여기에 나오는 호학好學은 인仁에 심취해 있는 것을 말하니, 즉 천심天心과 같은 마음을 가지려고 노력하는 것을 호학好學이라고 하였던 것이다. 이는 최고 경지의 호학好學을 말씀한 것이다.

嘗 : 일찍 상　終 : 마침 종　食 : 먹을 식　夜 : 밤 야　寢 : 잘 침　思 : 생각 사
益 : 더할 익　學 : 배울 학

116 子曰 君子는 謀道요 不謀食하나니 耕也에 餒在其
자왈 군자 모도 불모식 경야 뇌재기

中矣요 學也에 祿在其中矣니 君子는 憂道요 不憂
중의 학야 녹재기중의 군자 우도 불우

貧이니라.
빈

〔해설〕 공자께서 말씀하셨다. "군자君子는 도道를 도모하고 밥(돈)을 도모
하지 않는다. 밭을 갊에 굶주림이 그 가운데에 있고 학문을 함에
녹祿이 그 가운데 있으니, 군자는 도道를 걱정하고 가난함을 걱정
하지 않는다." 고 하였다,

〔출전〕《논어》위령공衛靈公

●에세이

도道는 길이니, 사람이 이 세상에 태어나서 착하고 사람답게 살
아가는 길을 도道라고 말하는 것이다.

유가儒家에서는 사람답게 사는 길을 제시하였으니, 예기禮記를
배워서 남과의 관계에서 오는 예절을 알아 행하고, 시경詩經을 배워
서 정서를 풍부하게 하여 너그러운 사람이 되며, 서경書經을 배워서
정치하는 법을 배워서 국가를 다스리는데 주역이 되어서 백성들이
편안하게 살 수 있도록 하고, 주역周易을 배워서 험난한 앞날을 개
척하여 나가며, 논어와 맹자를 배워서 성인聖人이 이 세상에 와서
사신 삶을 배우고, 춘추春秋를 배워서 역사의 교훈을 배우는 것이
니, 이러한 교훈대로 사는 것이 유학의 기본적인 자세인 것이다.

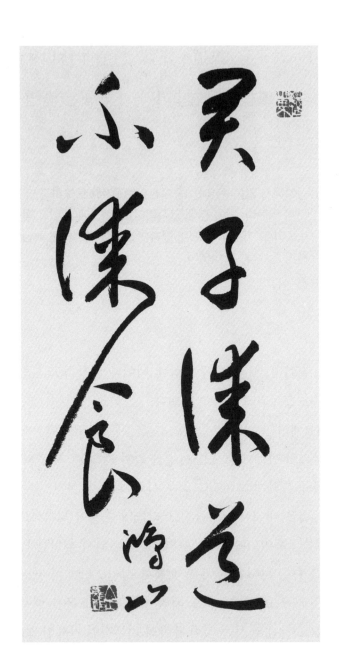

그러므로 유학儒學은 사람답게 살아가는 도道를 소중하게 여기는 것이고, 밭을 갈아서 먹고사는 문제를 가볍게 여기는 것이다. 다시 말하면, 정신과 마음을 풍요하게 하는 도道를 중요시하고 육신을 살찌우는 음식을 가볍게 여기는 것이다.

그런데 우리 속언에 '금강산도 식후경'이라는 말이 있으니, 이는 먹고사는 것이 제일이라는 소박한 말이다. 공자께서 《논어》에서 하시는 말씀은 특수한 계층을 위해서 하신 말씀이니, 일반인이 사는 것과는 좀 거리가 있다고 봐야 한다. 그러나 사람이 이 세상에 태어났으면, 반드시 천지의 이기理氣와 하나가 되어서 살라는 것이니, 이런 삶이 최상의 삶인 것이다.

謀:꾀 모 道:길 도 食:먹을 식 耕:갈 경 餒:주릴 뇌 祿:녹 록
憂:근심 우 貧:가난 빈

117 子曰 民之於仁也에 甚於水火하니 水火는 吾見蹈
　　　자 왈 민 지 어 인 야　　심 어 수 화　　　수 화　　오 견 도

而死者矣어니와 未見蹈仁而死者矣로라.
이 사 자 의　　　　미 견 도 인 이 사 자 의

〖해설〗 공자께서 말씀하셨다. "사람이 인仁에 있어서 (필요함이) 물과 불
　　　　보다도 심하니, 물과 불은 밟다가 죽는 자를 내가 보았지만, 인仁
　　　　을 밟다가 죽는 자는 보지 못하였노라."고 하였다.

〖출전〗《논어》위령공衛靈公

•에세이

　인仁은 씨앗의 눈과 같은 존재로, 이 세상이 계속 존재하려면 씨
앗이 반드시 있어야 한다. 그래야 먼저 온 자는 가고, 또 그 씨가 뒤
를 이어서 계속 이 세상에 남아서 제 역할을 하는 것이다. 그렇기에
물과 불보다도 더욱 소중한 것이라고 했다.

　물과 불을 오행으로는 수화水火라고 하니, 이도 또한 이 세상에 없
어서는 안 될 귀중한 자료이다. 물은 습濕한 것이니, 대지가 습하지
않으면 씨앗이 나지 않으며, 그리고 만물이 생존하지 못한다. 불은
건조한 것이니, 이 세상이 항상 습하기만 하면 병이 생기고 식물은
연약해져서 해만 비춰면 금방 사그라지는 것이다. 그러므로 이 세
상은 10일은 건조하고 하루는 습해야 하는 것이다.

물과 불이 이 세상에 없어서는 안 될 귀중한 자료이지만, 인仁보다는 못하다는 것이니, 물과 불은 너무 지나치면 도리어 화禍가 되어 나타나지만, 인仁은 산소와 같아서 많으면 많을수록 사람에게 더욱 좋은 자료가 되는 것이다.

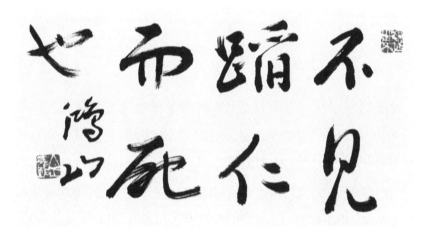

甚：심할 심 吾：나 오 蹈：밟을 도 死：죽을 사

118 子曰 道不同이면 不相爲謀니라.
자 왈 도 부 동　　 불 상 위 모

〔해설〕 공자께서 말씀하셨다. "도道가 같지 않으면 서로 일을 도모하지
　　　　말아야 한다." 고 하였다.

〔출전〕《논어》위령공衛靈公

●에세이

가는 길이 다른 사람을 만나면 반드시 충돌을 한다. 왜냐면 추구
하는 가치가 다르기 때문이니, 일례로 종교인과 술을 좋아하는 주
당이 만나면 하나는 천당과 종교 이야기만 하고, 하나는 '어떤 술집
에서 예쁜 접대부의 시중을 받으면서 술을 먹었다.' 라는 이야기로
꽃을 피울 것이니, 대화가 잘 되지 않아서 결국에는 헤어지고 말 것
이다.

필자는 서예와 그림을 그리고 시와 글을 쓰는 문인이다.

어느 날 고향에서 초등학교를 같이 다닌 친구들을 만나서 반갑게
인사를 하고 술을 한 잔 걸치면서 이야기를 하는데, 도대체 필자는
이야기를 할 수가 없었다. 왜냐면 모든 친구들이 거의 초등학교만
나오고 사회에 나와서 자식을 가르치고 가족을 건사하려니, 실로
어려운 일을 골라가면서 일을 한 친구들이다. 그러므로 오직 돈벌
이만 눈에 들어오고 다른 일은 생각조차 할 수가 없는 세월을 보내

君子不同小人而同

었고, 이제는 한숨을 돌린지라. 말을 하면 반드시 돈을 버는 말만 하니, 필자가 끼어들어 갈 틈도 없거니와 이곳에서 예술과 문학을 이야기하면 다들 손사래를 칠 것이 빤하다.

동업을 하는 것도 서로 의기가 투합해야 하는데, 가는 길이 다르고 생각하는 것이 다르며, 살아가는 목표가 다른 사람이 만나서 동업을 하게 되면 반드시 실패를 하게 된다. 원래 '동업은 형제간이라도 하지 말라'는 우리의 속언이 있으니, 왜냐면 사업이란 돈을 벌려고 하는 것이기에 서로 이익을 챙기려고 노력하므로, 나중에는 서로 싸우고 헤어지는 것이 다반사이니, 공자께서는 이를 아시고 본문의 말씀을 하신 것이다.

道 : 길 도 相 : 서로 상 謀 : 도모할 모

계씨편季氏篇

119 孔子曰 益者三樂요 損者三樂니 樂節禮樂하며 樂
공자왈 익자삼요 손자삼요 낙절예악 낙

道之善하며 樂多賢友면 益矣요 樂驕樂하며 樂佚遊
도지선 낙다현우 익의 낙교락 낙일유

하며 樂宴樂이면 損矣니라.
낙연락 손의

〖해설〗 공자께서 말씀하셨다. "유익한 좋아함이 세 가지이고 손해되는
좋아함이 세 가지이니, 예악禮樂을 절도있게 좋아하며, 남의 착함
을 말하기를 좋아하며, 어진 벗이 많음을 좋아하면 유익하고 교만
하게 즐김을 좋아하며, 편안히 노는 것을 좋아하며, 향락에 빠짐
을 좋아하면 손해가 된다." 고 하였다.

〖출전〗 《논어》 계씨季氏

●에세이

　사람이 세상을 살아가면서 유익한 것이 셋이 있고, 손해가 되는 것이 셋이 있다는 것이니, '예악을 절도있게 좋아하는 것과 남의 착함을 좋아하는 것과 어진 벗이 많음을 좋아하는 것' 은 유익한 것이고, '교만해가지고 오락을 즐기고, 편안히 노는 것을 좋아하고, 향락에 빠지는 것.' 은 손해가 된다는 것이다.

　사람은 절도가 있어야 한다. 아무리 좋은 예악도 절도를 잃고 지나치면 이미 예절을 잃은 것이므로, 손해가 오는 것이다. 그리고 벗을 사귀는 데는 어진 선비를 좋아해야지, 돈만 좋아하는 사람을 좋아하면 결국에는 돈으로 손해를 보고 만다.

　그리고 너무 향락을 좋아하면 방탕함에 빠져서 헤어나지 못하므로 결국에는 폐인이 되는 것이고, 너무 편안함만 좋아하면 일을 하기가 싫고 게을러서, 이도 폐인이 되는 것이다. 그리고 교만한 것은 더욱 나쁜 것이니, 이런 사람은 결국 친구가 모두 달아나는 것이니 조심해야 한다.

　'익자삼우益者三友 손자삼우損者三友' 라는 말이 있으니, 해석하면 나에게 유익한 벗이 셋이고, 나에게 손해가 되는 벗이 셋이라는 말씀이니, 이도 또한 공자의 말씀으로 본문과 거의 유사한 내용이다.

인생은 사람을 잘 만나야 출세도 하고 운세도 트는 것이기에, 공자께서는 벗을 잘 사귀어서 훌륭한 삶을 살길 바라는 뜻에서 이 말씀을 한 것이다.

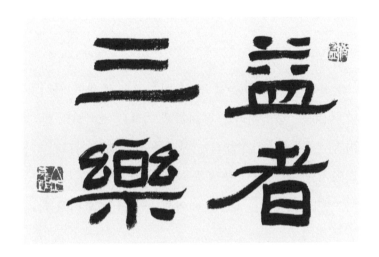

益:더할 익 樂:좋아할 요 損:덜 손 節:절도 절 禮:예도 례 樂:즐길 락
道:말할 도 賢:어질 현 驕:교만할 교 佚:편안할 일 遊:놀 유 宴:잔치 연

120 孔子曰 君子有三戒하니 少之時에는 血氣未定이라
　　　공 자 왈　군 자 유 삼 계　　　소 지 시　　　혈 기 미 정

戒之在色이요 及其壯也하야는 血氣方剛이라 戒之
계 지 재 색　　　급 기 장 야　　　혈 기 방 강　　　계 지

在鬪요 及其老也하야는 血氣旣衰라 戒之在得이니라.
재 투　　급 기 노 야　　　혈 기 기 쇠　　계 지 재 득

〖해설〗 공자께서 말씀하셨다. "군자君子에게 세 가지 경계함이 있으니,
　　　어렸을 때에는 혈기가 정해지지 않았으므로 경계함이 여색女色에
　　　있고, 장성해서는 혈기가 한창 강하므로 경계함이 싸움에 있고,
　　　늙어서는 혈기가 이미 쇠한지라 경계함이 탐내어 얻음에 있다."
　　　고 하였다.

〖출전〗《논어》계씨季氏

에세이

　본문의 '소지시少之時'는 아마도 15~16세의 나이가 아닌가 한
다. 이때는 한창 자라는 때이기에 여색을 조심하라 한 것이고, 20살
이 넘은 나이인 장성해서는 혈기가 최고조에 이르기 때문에 무서운
것이 없는 시기이므로 싸움을 조심하라 한 것이고, 늙어서는 기력
이 이미 쇠한지라 욕심을 내어서 무엇을 얻으려고 하는 것을 경계
한 것이다.

　예전에는 환갑이 넘으면 남의 밑에 들어가서 학문을 배우지 말라
했는데, 필자는 지금 만 67세인데도 한국 화가 밑에서 산수화를 배

血氣方剛 戒之在鬪

乙未朶雲軒游

운다.

　서예 공부를 20년 이상 연마하였고 사군자와 문인화도 십수 년을 공부하였는데, 생각해보니 산수화를 배우지 않았으므로 늦었지만 지금이라도 배우고 싶어서 지금 열심히 공부하고 있다. 그러는 와중에 '수필집'을 출간했는데, 명칭을 '시서화詩書畵로 쓴 수필집 행복의 씨앗'이다. 수필 한 편 한편에 시詩와 서화書畵와 수필을 넣어서 출판을 하였다.

　예전에는 평균수명이 40살도 되지 않을 때이고, 지금은 평균수명이 80살 정도 되는 때이니, 필자가 지금 산수화를 배워도 써먹을 시간적 여유가 있는 것이다. 그리고 필자는 산수화와 서예를 연결해서 어떤 새로운 것을 찾아내려고 배우는 것이니, 정력이 허락하는 한 구도求道의 행보를 계속할 것이다.

戒 : 경계 계　少 : 젊을 소　血 : 피 혈　氣 : 기운 기　定 : 정할 정　色 : 빛 색
及 : 미칠 급　壯 : 장성할 장　剛 : 군셀 강　鬪 : 싸움 투　老 : 늙을 로
旣 : 이미 기　衰 : 쇠할 쇠　得 : 얻을 득

121 孔子曰 君子有三畏하니 畏天命하며 畏大人하며 畏
공 자 왈 군 자 유 삼 외　　외 천 명　　외 대 인　　외

聖人之言이니라. 小人은 不知天命而不畏也라 狎
성 인 지 언　　　　소 인　　부 지 천 명 이 불 외 야　　압

大人하며 侮聖人之言이니라.
대 인　　모 성 인 지 언

〔해설〕 공자께서 말씀하셨다. "군자君子는 세 가지 두려워함이 있으니,
천명天命을 두려워하며, 대인大人을 두려워하며, 성인聖人의 말씀
을 두려워하느니라. 소인은 천명天命을 알지 못하여 두려워하지
않는다. 대인大人을 함부로 대하며 성인聖人의 말씀을 업신여긴
다."고 하였다.

〔출전〕《논어》계씨季氏

● 에세이

우리가 세상을 살아가는 데는 하늘을 두려워해야 한다. '달나라
를 가는 세상에 무슨 하늘이냐!' 고 말할 테지만, 그렇지 않다.

요즘 비가 오지 않아서 밭의 채소가 타들어 가고 길옆의 나무가
말라죽는다. 그래도 사람이 비를 내리게 할 수는 없다. 하늘이 비를
내려주어야 비로소 해갈解渴이 되는 것이니, 이런 사소한 것도 하늘
이 알아서 해결하는 것인데, 이보다 더욱 중요한 일은 어떻겠는가!

천리天理라는 것은 자강불식自强不息하면서 언제나 변함없이 돌
아가는 것이니, 이에 순응하면서 살면 천명天命을 사는 것이고, 이

를 거역하면서 살면 중도에 꺾이는 것이다. 천리天理는 언제나 궁窮하면 변變하는 것이고 변變하면 통通하는 것이니, 이러한 이치를 잘 알아서 살아가야 한다.

군자도 천명天命과 대인大人과 성인聖人의 말씀을 두려워하는데, 황차 소인小人이 두려워하지 않으면 되겠는가! 그러나 소인은 천명을 알지 못하기 때문에 대인大人을 함부로 대하고 성인聖人의 말씀을 함부로 업신여기는 것이다.

畏 : 두려워할 외 命 : 목숨 명 聖 : 성인 성 狎 : 친압할 압 侮 : 업신여길 모

122 孔子曰 生而知之者는 上也요 學而知之者는 次也
공자왈 생이지지자 상야 학이지지자 차야

요 困而學之又其次也니 困而不學이면 民斯爲下
곤이학지우기차야 곤이불학 민사위하

矣니라.
의

〔해설〕 공자께서 말씀하셨다. "태어나면서 아는 자는 상등上等이요, 배워
서 아는 자는 다음이요, 통하지 못하는 바가 있어서 배우는 자는
또 그다음이니, 통하지 못하는 바가 있는데도 배우지 않으면 백성
으로 하등下等이 된다."고 하였다.

〔출전〕 《논어》 계씨季氏

●에세이

본문의 곤困자는 통하지 않음을 말한다. 유가儒家에서는 공자를
'생이지지生而知之'한 사람이라고 말한다. 그리고 안연顔淵, 맹자孟
子 같은 사람은 '학이지지學而知之한 사람들이다.

공자께서는 언제나 '사람은 배워야 한다.'고 강조하였으니, 그래
서 《논어論語》의 첫 문장이 '학이시습(學而時習 : 배우고 때때로 연습한
다.)'이다. 그리고 배우는 것은 즐거운 것(好學)이라고 했으니, 사람
은 인지認知하는 능력이 탁월한 존재로 반드시 배워서 천리天理를
알아야 하는 것이다.

통하지 않는 것이 있으면 배워서 알아야 하니, 이를 하지 못하는 자를 하등下等의 사람이라 하였던 것이다. 사람이 이왕에 이 세상에 태어났으면 상등의 사람은 되지 못할지언정 어찌 하등下等의 사람이 되겠는가! 이런 하등의 사람을 우매한 사람이라 하여 '하우불이下愚不移'라고 하는 것이다.

困 : 곤할 곤 次 : 버금 차 斯 : 이 사

123 孔子曰 君子有九思하니 視思明하며 聽思聰하며 色
공자왈 군자유구사 시사명 청사총 색

思溫하며 貌思恭하며 言思忠하며 事思敬하며 疑思
사온 모사공 언사충 사사경 의사

問하며 忿思難하며 見得思義니라.
문 분사난 견득사의

【해설】 공자께서 말씀하셨다. "군자君子는 아홉 가지 생각함이 있으니,
눈으로 봄에는 밝은 것을 생각하며, 귀로 들음에는 귀 밝음을 생
각하며, 얼굴빛은 온화함을 생각하며, 모습은 공손함을 생각하며,
말은 진실함을 생각하며, 일을 함에는 신중함을 생각하며, 의심나
면 물음을 생각하며, 분을 냄에는 (나중에) 어려움을 생각하며, 얻
는 것을 보면 의義로운 것인가를 생각한다."고 하였다.

【출전】《논어》계씨季氏

●에세이

위의 본문 '구사九思' 중에서 필자가 지키기 어려운 것은 8번째
의 '분사난忿思難'이니, 필자의 성격은 비교적 직설적인 사람인데,
울분을 참지 못하는 것이 가장 큰 흠이다.

이런 성격은 선친께 받은 것으로, 고치려고 꽤 많은 노력을 하는
데, 쉽게 이겨내지 못해서 나의 인생에 많은 마이너스를 가져왔다
고 생각한다. 이제는 60을 넘어서 70을 바라보니 별걱정은 안 하지
만, 젊어서의 성격은 불같았다고 해야 한다.

공부자께서는 어떻게 이를 미리 알고 하나하나 모두 기록하셨는지 모를 일이다. 그리고 9번째의 '견득사의見得思義'는 안중근 의사가 여기에서 한 글자를 바꾸어서 '견리사의見利思義'로 써서 손바닥 도장을 찍어서 낸 작품이 시중에 돌아다니는 것을 많이 봤다. 내용의 뜻은 '견득사의見得思義'와 같은데, 이利자를 넣으니 더욱 우리의 마음에 확실하게 각인됨을 본다.

여하튼 완성된 인격자가 되려면 위의 구사九思를 따라서 행동을 한다면 될 듯하다. 여하튼 겸손한 사람이 되어야 남들이 좋게 평가를 한다는 것을 알았으면 좋겠다.

思 : 생각 사　視 : 볼 시　聽 : 들을 청　聰 : 귀 밝을 총　溫 : 따뜻할 온
貌 : 모양 모　恭 : 공손 공　忠 : 충성 충　敬 : 공경 경　疑 : 의심 의
問 : 물을 문　忿 : 분낼 분　難 : 어려울 난　得 : 얻을 득　義 : 옳을 의

124 孔子曰 見善如不及하며 見不善如探湯을 吾見其
공자왈 견선여불급   견불선여탐탕   오견기

人矣요 吾聞其語矣로라.
인 의   오 문 기 어 의

〖해설〗 공자께서 말씀하셨다. "착한 일을 하는 것을 보고는 (내가) 미치지
못할 듯이 하고, 악함을 보면 끓는 물을 더듬는 것처럼 하는 것을
나는 그런 사람을 보았고 그러한 말을 들었노라."고 하였다.

〖출전〗 《논어》 계씨季氏

● 에세이

한마디로 말해서 선善을 좋아하고 악惡을 싫어하는 것을 말하니,
주註에는 공자의 제자 중에 안자顔子, 증자曾子, 염백우冉伯牛, 민자
건閔子騫 등의 무리가 이에 능했을 것이라고 했다.

《주역》의 곤괘坤卦 문언文言에 '착한 일을 많이 쌓은 집안에는 반
드시 남은 경사가 있다.(積善之家必有餘慶)'과 맥을 같이 하는 말씀으
로, 필자가 이 말씀을 좋아하여 지금도 지키려고 노력하고 있고, 남
들도 이 말씀대로 살아서 집안도 잘되고 후손도 잘되라는 뜻에서
작품을 만들어서 준 일이 한두 번이 아니다.

금년에 필자가 주례를 서면서, 신랑 신부에게 이를 작품으로 만
들어주면서 '이 말씀대로 잘 살면 나도 잘되고 후손도 잘된다.'고
주례사를 한 일이 기억난다.

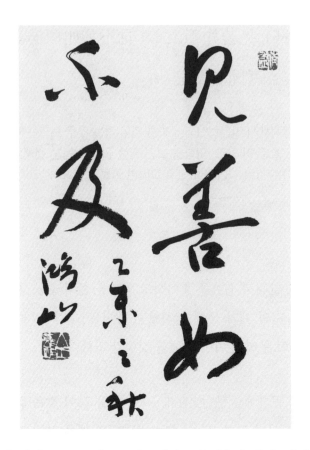

    필자의 경험으로 보면, 도道는 많은 종교들이 가장 정점에 올라
가면 거의 같다고 본다. 유가儒家나 불가佛家나 도가道家가 그렇다
는 것이다. 그렇기에 개화기에는 유불선儒彿仙을 합한 종교가 나타
나서 포교를 한 시절도 있었고, 고조선의 건국이념인 홍익인간弘益
人間도 이에 부합하는 말씀이다.

    及 : 미칠 급　探 : 더듬을 탐　湯 : 끓을 탕　聞 : 들을 문

125 齊景公은 有馬千駟호되 死之日에 民無德而稱焉
이요 伯夷叔齊는 餓于首陽之下호되 民到于今稱
之하나니라.

〖해설〗 제나라의 왕 경공은 말 천사千駟[17]를 소유했으나, 죽는 날에 백성
들이 덕을 칭송함이 없었고, 백이伯夷와 숙제叔齊는 수양산의 아
래에서 굶주렸으나 백성들이 지금에 이르도록 칭송하고 있다.

〖출전〗《논어》계씨季氏

●에세이

사람이 이 세상에 태어나면 선善하고 의義롭게 살아야 한다. 제경
공은 제나라의 커다란 땅을 소유한 왕이었고 말을 4,000마리를 소
유하였지만, 막상 죽는 날에 백성들은 그의 덕을 칭송하지 않았고,
백이伯夷와 숙제叔齊는 고죽군孤竹君의 아들이었지만 왕위를 동생
에게 양보하고 의義롭게 산 의인義人으로, 주周의 무왕武王이 종주
국인 은殷나라를 침범하니, 이를 의롭지 않게 여기고 주周나라의 곡
식을 먹지 않겠다고 생각하고 수양산에 숨어서 고사리 뿌리를 캐
먹고 살다가 죽은 사람이다.

17 1사駟는 4필의 말을 말하니, 천사千駟는 4,000마리의 말을 말한다.

《논어》에 나오는 '소련대련少連大連과 순舜임금과 성탕成湯과 백이숙제" 등은 모두 동이東夷의 사람이니, 우리와 같은 뿌리를 가진 사람들이다. 공자의 선조도 은殷의 대부大夫로 동이족이라고 전한다.

필자의 생각에는 옛날에는 동이족과 한족이 한 무리를 이루어서 살았던 것으로 추측한다. 너는 한족이고 나는 동이족이라는 구별을 하면서 배타적으로 산 것 같지는 않다는 말이다. 그러므로 우리 동이족에도 유가儒家의 성인聖人의 지위에 있는 사람들이 많다.

齊 : 제나라 제　景 : 클 경　駟 : 사마 사　稱 : 일컬을 칭　伯 : 맏 백
夷 : 오랑캐 이　叔 : 아재비 숙　餓 : 굶주릴 아　陽 : 볕 양　到 : 이를 도

양화편陽貨篇

126 子曰 唯上智與下愚는 不移니라.
자 왈 유 상 지 여 하 우 불 이

〖해설〗 공자께서 말씀하셨다. "오직 상지上智와 하우下愚는 변화되지 않
는다."고 하였다.

〖출전〗《논어》양화陽貨

●에세이

상지上智는 지극히 지혜로운 사람이고, 하우下愚는 지극히 어리
석은 사람이다. 그런데 변화되지 않는다는 것은, 상지上智는 자신이
이 세상에 살아가면서 지켜야 할 고상한 뜻이 이미 세워져 있으므
로 이를 지키려고 변경하지 않는 것인데, 반하여 하우下愚는 너무
어리석어서 이 세상을 살아가는 원칙을 모르고 선악善惡을 구분하

上智與下愚不移

一亐菜仲秋
節鴻

지 못하므로 변경하지를 못하는 것이다.

우리들이 흔히 말하는 '하우불이下愚不移'는 어리석은 사람을 칭
하는 용어이니, 이 말의 출처가 《논어》의 양화편이다.
여하튼 사람은 선善함을 많이 쌓아서 덕을 갖추어야 하고 의義로
운 행동을 해서 타의 모범이 되어야 한다.
이순신 장군이 지금까지 호칭되는 것은 의義로 백성을 구한 것이
고, 안중근 의사도 의義로 이등박문을 총살하여 조선의 나라를 다시
세우려고 한 것이니, 종국에 가면 이순신 장군이나 안중근 의사의
행위가 이 나라 국민을 위한 행위임에는 똑같은 것이다.

나라를 위해 싸우다가 순절한 사람이 어찌 위의 몇 사람뿐이겠는
가! 보령시 성주면에 가면 '호국사'가 있는데, 이곳에는 임진난에
왜적과 싸워 공을 세운 386위의 위패位牌가 봉안되어 있으니, 이들
도 모두 목숨을 걸고 나라를 위해 싸우다가 순절한 의사義士들이시
다.

唯 : 오직 유 智 : 지혜 지 與 : 더불어 여 愚 : 어리석을 우 移 : 옮길 이

127 子曰 惡紫之奪朱也하며 惡鄭聲之亂雅樂也하며
　　　자왈　오자지탈주야　　　오정성지란아악야

惡利口之覆邦家者하노라.
오 이 구 지 복 방 가 자

〖해설〗 공자께서 말씀하셨다. "나는 자주색이 붉은색을 빼앗는 것을 미
　　　워하며, 정鄭나라 음악이 아악雅樂을 어지럽히는 것을 미워하며,
　　　말 잘하는 입(利口)이 나라를 전복시키는 것을 미워한다." 고 하였
　　　다.

〖출전〗《논어》양화陽貨

●에세이

　같은 붉은색이지만 주색朱色은 정색이고 자색紫色은 간색間色이
므로, 부자께서는 정색을 좋아하고 간색을 미워하신다는 말씀이고,
정나라의 음악을 정성鄭聲이라 하는데, 속된 말로 남녀상열지사男女
相悅之詞인데, 이 정성鄭聲이 사람의 말초신경을 자극하면서 정악正
樂인 아악雅樂을 어지럽히는 것이고, 말만 잘하는 자가 임금 앞에서
군자를 소인이라 하고 소인을 군자라고 하면서 임금의 귀를 현란하
게 하여 결국에는 나라를 망하게 만듦으로 이를 미워한다는 것이
다.

　《논어》에 '교언영색巧言令色이 선의인鮮矣仁' 이라 하여, '말을 교
묘하게 잘하고 얼굴빛을 곱게 하는 사람에 인仁한 사람이 적다.' 고

하였는데, 공자께서는 이런 아첨하고 남에게 잘 보이려는 자들은 인자仁者가 되기 어렵다고 한 것이다.

인仁은 씨앗과 같고 춘풍과 같아서 항상 세상을 이롭게 하고 사람을 훈훈하게 하기에 이런 인자仁者가 세상에 많아야 아름다운 세상이 되므로 공자께서는 이런 인자仁者가 많이 나오기를 항상 빌었던 것이다.

사람은 가부可否가 확실해야 한다. 그래야 믿을 수 있는 사람이되는데, 이것도 아니고 저것도 아닌 중간쯤에 엉거주춤 끼어있는 사람은 박쥐와 같아서 낮에는 새라 하고, 밤에는 쥐라 하니 믿을 수가 없는 것이다. 이런 자들을 부자께서는 미워했던 것이다.

惡 : 미워할 오 紫 : 붉을 자 奪 : 뺏을 탈 朱 : 붉을 주 鄭 : 정나라 정
聲 : 소리 성 亂 : 어지러울 란 雅 : 맑을 아 覆 : 덮을 복 邦 : 나라 방

128 子路曰 君子尙勇乎잇가 子曰 君子는 義以爲上이
자로왈 군자상용호   자왈 군자 의이위상

니 君子有勇而無義면 爲亂이요. 小人이 有勇而無
군자유용이무의   위란   소인 유용이무

義면 爲盜니라.
의   위도

〖해설〗 자로子路가 말하기를, "군자君子가 용맹을 숭상합니까!" 하니, 공
자께서 말씀하셨다. "군자는 의義로써 상上을 삼는다. 군자가 용
맹만 있고 의義가 없으면 난亂을 일으키고, 소인小人이 용맹만 있
고 의義가 없으면 도둑질을 한다."고 하였다.

〖출전〗《논어》양화陽貨

●에세이

군자는 인仁을 바탕으로 삼아서 의義를 세우는 것이다. 의義가 없
는 용맹은 난亂을 일으키니, 조선의 이괄의 난亂이나 이몽학의 난
같은 유가 이에 해당하고, 소인小人이 용맹만 있고 의義가 없으면 도
둑이 되니, 세월호 사건의 유○언 회장과 경남기업의 성○종 회장
같은 유가 이에 해당하는 사람들이다.

그러므로 국가를 경영하는 자는 사람을 잘 가려서 써야 한다. 인
물이 그럴 듯하지만 이리가 양의 탈을 쓴 자가 많다.

요즘은 세계에서 유래를 찾아볼 수 없는 선진화법을 가지고 국회
에서 사사건건 정부의 발목을 잡고 있는 자들을 많이 본다. 이런 국

君子以爲上

회의원은 다음 선거에서는 반드시 낙선을 시켜서 국민을 볼모로 잡
고 억지 주장을 하지 못하도록 해야 한다.

　행위를 함에 있어서는 의義가 가장 중요하니, 사람이 일을 해도
의義가 있는 일을 해야 하고, 돈을 벌어도 의義가 있어야 하는 것이
니, 의義가 없는 돈과 행위는 나를 망치고 가정을 망치고 나라를 망
하게 하는 것이니, 이득이 있을 때에는 반드시 의義로운 돈인가 아
닌가를 살펴서 받아야 하는 것이다.

尚:숭상할 상　勇:용맹 용　亂:어지러울 란　盜:도둑 도

미자편微子篇

129 微子는 去之하고 箕子는 爲之奴하고 比干은 諫而死
미 자　거 지　기 자　위 지 노　비 간　간 이 사
하니 孔子曰 殷有三仁焉하니라.
공 자 왈　은 유 삼 인 언

〖해설〗미자微子는 떠나가고 기자箕子는 종이 되고, 비간比干은 간하다가
죽었다. 공자께서 말씀하시기를, "은殷나라에 세 인자仁者가 있
다."고 하였다.

〖출전〗《논어》미자微子

● 에세이

　　미자微子는 주왕紂王의 서형庶兄이고 기자箕子와 비간比干은 주왕
紂王의 삼촌인데, 은殷의 마지막 왕인 주왕이 학정虐政을 계속하니,
미자微子는 주왕을 버리고 떠나가서 종사宗祀를 보존하였고, 기자箕

子와 비간比干이 충간忠諫하니, 주왕이 비간은 죽이고 기자는 종으로 삼았는데, 기자는 거짓으로 미친 것처럼 하여 죽음을 모면하였다. 나중에 주周나라가 들어선 뒤에 조선에 와서 기자조선을 세웠다고 한다.

이에 공자께서 이 세 사람을 인자仁者로 여겨서 은殷나라에 삼인三仁이 있다고 한 것이다. 은殷은 동이족의 나라이니, 우리 조선과 뿌리가 같은 민족의 나라이다.

미자微子는 은殷이 망할 것을 미리 알고 주왕을 버리고 떠나서 종사宗祀를 맡아서 제사가 끊어지지 않도록 하였고, 비간比干은 은殷이 망할 것을 걱정하여 간하다가 잡혀죽었으며, 기자箕子는 간하다가 잡혔지만, 거짓으로 미친 사람처럼 연기를 하고 종이 되었다가 나중에 살아나 기자조선을 세워서 자기의 이상을 실현하였으니, 세 사람은 은殷의 왕손으로 주왕紂王을 만나서 최선을 다한 삶을 살았으므로, 공자께서 인자仁者로 호칭한 것이다.

微:작을 미　去:버릴 거　箕:키 기　奴:종 노　比:견줄 비　諫:간할 간
殷:은나라 은

130 楚狂接輿 歌而過孔子曰 鳳兮鳳兮여 何德之衰
초 광 접 여 가 이 과 공 자 왈 봉 혜 봉 혜 하 덕 지 쇠

오 往者는 不可諫이어니와 來者는 猶可追니 已而已
왕 자 불 가 간 래 자 유 가 추 이 이 이

而어다 今之從政者殆而니라.
이 금 지 종 정 자 태 이

【해설】 초楚나라 광인狂人[18]인 접여接輿가 공자의 앞을 지나가며 노래하
였다. "봉鳳이여, 봉鳳이여! 어찌 덕德이 쇠하였는가! 지나간 것은
간할 수 없거니와 오는 것은 오히려 따를 수 있으니, 그만둘지어
다. 그만둘지어다. 오늘날 정사政事에 종사하는 자들은 위태롭
다."고 하였다.

【출전】《논어》미자微子

● 에세이

접여接輿는 초나라 사람이니, 거짓으로 미친 체하여 세상을 피하
였는데, 부자夫子께서 장차 초나라로 가려고 하였다. 이에 접여가
노래하며 수레 앞을 지나간 것이다. 봉鳳은 도道가 있으면 나타나고
도道가 없으면 숨으니, 접여가 공자를 봉황으로 비유하고 그가 숨지
못함은 덕德이 쇠하였기 때문이라고 비난한 것이다.

오는 것을 따를 수 있다는 것은 지금이라도 오히려 숨을 수 있음
을 말한 것이다. 그러므로 접여는 공자를 존경할 줄 알았으나 취향

---

18 광인狂人 : 뜻이 커서 상규常規에 벗어난 일을 하는 사람.

은 같지 않은 자임을 알 수가 있다.

　초楚나라의 은자隱者로 장저長沮와 걸닉桀溺이 있으니, 이들이 함께 밭을 갈고 있을 때에 공자孔子가 그곳을 지나다가 자로子路를 시켜 그들에게 나루를 물어보게 했더니, 그들은 공자더러 어지러운 세상에 왜 은거하지 않고 천하天下를 주류周流하느냐는 뜻으로 빈정대면서 나루를 가르쳐 주지 않은 일이 《논어論語》 미자微子에 보인다.

楚 : 초나라 초　狂 : 미칠 광　接 : 접할 접　輿 : 수레 여　歌 : 노래 가
過 : 지날 과　鳳 : 봉황새 봉　衰 : 쇠할 쇠　諫 : 간할 간　猶 : 오히려 유
追 : 쫓을 추　殆 : 위태 태

자장편子張篇

131 子張曰 士見危致命하며 見得思義하며 祭思敬하며
자 장 왈 사 견 위 치 명   견 득 사 의   제 사 경

喪思哀면 其可已矣니라.
상 사 애   기 가 이 의

〖해설〗 자장子張이 말하였다. "선비가 (국가의) 위태로움을 보고 목숨을
　　　　바치며 이득을 보고 의義를 생각하며, 제사에 공경함을 생각하며
　　　　상사喪事에 슬픔을 생각한다면 괜찮다." 고 하였다.

〖출전〗《논어》자장子張

● 에세이

　자장子張은 공자의 제자이다.

　본문은 선비의 입신立身하는 대절大節이니, 이에서 하나라도 지
극하지 않음이 있으면 나머지는 족히 볼 것이 없는 것이다.

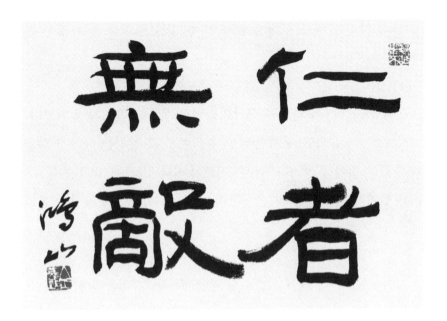

　처음의 견위치명見危致命은 국가의 위태함을 보면 목숨을 바쳐서
나라를 구하라는 말이고, 견득사의見得思義는 개인적으로 이익을
보게 되거든 의義로운 것인가를 봐서 얻으라는 말이며, 제사는 신께
드리는 것이므로 공경을 다 하여 드리라는 말이고, 초상이 난 곳에
가면 슬픈 기색을 하고 상주를 맞으라는 말이다.

　필자가 고향에 내려가서 종인宗人들과 같이 시제時祭를 드리는
데, 엄숙하고 공경스러운 모습은 보이지 않고 제사를 올리면서 종
인들 끼리 잡담을 하는 경우를 많이 본다. 제발 제사 지낼 때는 잡담

을 하지 말자고 해도 도대체 말을 안 듣고 많은 말을 하는 것을 봤다.

신神과 사람과의 관계는 사람끼리의 관계와는 판이하게 다르다. 제사祭祀는 신神과 사람이 만나는 자리이므로, 정성을 다하지 않을 수가 없는 것이다. 어떤 사람은 '신神이 어디 있느냐!' 고 하는데, 신神이 있기에 제사를 올리는 것이지, 신이 없다면 어찌 제사를 올리겠는가!

그리고 상사喪事에서는 반드시 얼굴에 슬픈 기색을 띄워야 한다. 요즘은 예전과 같지 않아서 상주가 '하하' 하고 웃는 경우를 많이 보는데, 이는 매우 안 좋은 행위이다.

張 : 베풀 장 危 : 위험 위 致 : 이를 치 命 : 목숨 명 得 : 얻을 득
義 : 옳을 의 祭 : 제사 제 敬 : 공경 경 喪 : 초상 상 哀 : 슬플 애

132 子夏曰 博學而篤志하며 切問而近思하면 仁在其
　　　자하왈　박학이독지　　　절문이근사　　　인재기

中矣니라.
중 의

〖해설〗 자하子夏가 말하였다. "배우기를 널리 하고 뜻을 독실하게 하며,
　　　 절실하게 묻고 가까이(현실에 필요한 것) 생각하면 인仁이 그 가운
　　　 데에 있다."고 하였다.

〖출전〗《논어》자장子張

● 에세이

자하子夏는 공자의 제자이다.

박학博學은 여러 분야를 널리 배운다는 말로, 경서經書와 제자백
가諸子百家의 책과 사기史記 등을 널리 읽어서 다방면으로 능해야
한다. 다만 말초신경을 자극하는 잡서雜書는 보지 않는 것이 좋다.
잡서를 읽고 이를 능히 이길 수 있는 사람은 괜찮지만, 혹 그곳에 빠
져서 헤어나지 못하면 인생을 망치고 마는 것이니 조심해야 한다.

인仁은 마음에 사심이 없고 공의公義로운 것을 말하니, 해와 달이
공정하게 비취는 것처럼 인仁한 마음도 공정하니, 사심이 들어옴을
막아야 한다.

해가 아침이면 동쪽에서 떠서 저녁에는 서쪽으로 넘어가는데, 한
치도 그 궤도를 이탈하지 않는 것처럼 인仁한 마음도 항상 마음에서

이탈하지 않아야 한다.

자연의 초목은 모두 인仁한 마음처럼 공정하게 살면서 욕심을 부리지 않는데, 사람만이 욕심을 부리면서 인仁을 떠나는 것이다. 경계해야 한다.

夏:여름 하 博:넓을 박 學:배울 학
篤:도타울 독 志:뜻 지 切:간절 절
近:가까울 근

133 子夏曰 君子有三變하니 望之儼然하고 卽之也溫
　　　자 하 왈　군 자 유 삼 변　　　망 지 엄 연　　　즉 지 야 온

하고 聽其言也厲니라.
　　　청 기 언 야 려

〖해설〗 자하子夏가 말하였다. "군자君子는 세 가지 변함이 있으니, (멀리
　　　　　서) 바라보면 엄숙하고, 그 앞에 나가면 온화하고, 그 말을 들어보
　　　　　면 명확하다."고 하였다.

〖출전〗 《논어》자장子張

●에세이

　군자는 선비를 말하니, 멀리서 바라보면 엄숙하고 묵직해서 태산
처럼 보이고, 가까이에 나가서 바라보면 온화하여 봄바람이 훈훈하
게 부는 듯하고, 그의 말씀을 들어보면 사리事理가 명확하여 부연할
것이 없으니, 사람은 이런 사람이 되어야 한다.

　현세를 살아가면서 자신 한 사람의 명예를 지키면서 사는 것이
지극히 어려우니, 많은 사람들이 정치를 하면서 장관과 국무총리에
지명이 되어서 국회에서 청문회를 치러 보니, 이를 통과하는 사람
이 많지 않다는 것이다. 왜 그런가! 이는 욕심이 앞을 가리어서 사
욕을 채우다 보니 국가와 사회의 상식을 벗어나는 행위를 해서이
다. 이런 사람들은 겉으로는 멀쩡하여 자칫 대인군자로 착각하게
되는데, 어느 날 현미경을 들이대면 갖은 오염과 찌꺼기가 많이 나

오는 것이다.

이렇게 공정하지 못한 돈을 가지고서 갖은 오만과 만행을 부리는 자가 얼마나 많은가! 어떤 자는 "나 서초동에 산다."라고 큰소리를 친다. 이런 유들의 말이 먹히지 않는 사회가 되어야 한다. 위의 본문처럼 사리事理가 명확해야 하는 것이다.

變 : 변할 변 望 : 바랄 망 儼 : 장엄할 엄 卽 : 나갈 즉 聽 : 들을 청
厲 : 명확할 려

134 子夏曰 仕而優則學하고 學而優則仕니라.
자 하 왈 사 이 우 즉 학   학 이 우 즉 사

〖해설〗 자하가 말하였다. "벼슬하면서 여가가 있으면 배우고, 배우고서
　　　　여가가 있으면 벼슬을 한다."고 하였다.

〖출전〗《논어》자장子張

● 에세이

　오늘날 국가공무원으로 들어가려면 국가공무원 시험이나 지방
공무원 시험을 거쳐서 들어간다. 이에 합격하지 못하면 절대로 공
무원이 되지 못한다.

　공무원이 되면 국가의 일을 하게 되는데, 일에 경중輕重이 있어서
가볍게 처리하는 일도 있지만 고도의 머리를 써서 해야만 되는 경
우도 있을 것이다. 왜냐면 국가의 일이기에 많은 돈을 들이는 일을
하는 경우도 있으니, 만약 이를 잘못하면 많은 국가의 돈을 낭비할
수도 있고 혹은 잃을 수도 있을 것이니, 이런 일에는 많은 학식과 고
견高見이 있어야 한다. 그렇기에 여가가 있으면 공부를 하라고 한
것이다.

　지금 정부에서는 전 정부에서 펼친 '자원외교'를 검찰에서 수사
한다고 한다. 내 돈이 아니라 하여 해외에 수천억 원을 날렸다고 하
는데, 이는 매우 신중하지 못한 처사가 아닌가 생각한다.

그리고 어떤 관리는 자신이 많은 돈을 만지면 많은 콩고물이 떨어진다고 생각해서 많은 돈을 들어서 사업을 벌이는데, 혹 이들의 속셈은 자신의 사욕에 있지 않은가 하고 생각할 때가 많다.

　국가의 돈은 국민의 세금에서 나온 것이므로 피 같은 돈이다. 이를 헛되게 쓰면 결국에는 국가는 손해를 보게 되고 나는 감사에 걸려서 감옥으로 가는 경우가 허다하니, 조심하고 조심해야 한다.

仕 : 벼슬 사　優 : 넉넉할 우

135 曾子曰 吾聞諸夫子호니 人未有自致者也나 必也
　　　　증 자 왈　오 문 제 부 자　　　　인 미 유 자 치 자 야　　　 필 야

親喪乎인저.
친 상 호

〔해설〕 증자曾子가 말하였다. "내가 부자夫子께 들으니, 사람은 스스로 정
　　　　성을 다할 수는 없으나, 반드시 친상親喪에는 정성을 다해야 한
　　　　다."고 하였다.

〔출전〕 《논어》 자장子張

●에세이

　사람이 어머니의 뱃속에 잉태되어서 10개월 만에 태어나고 3년
정도 부모님의 보살핌을 받아야 비로소 대, 소변을 스스로 해결하
는 사람이 된다.

　현대는 교육지상주의로 모든 사람이 다 자기 자식은 대학을 보내
야 한다고 생각하고 열심히 뒷바라지를 한다. 이렇게 하여 하나의
인격자가 탄생하는 것이니, 이러므로 부모님의 자식 사랑은 하늘보
다 높고 바다보다 넓은 것이다.

　증자曾子는 공자의 법통을 이은 제자이고 이름난 효자이다. 증자
의 아버지 증석도 공자의 제자이니, 부자가 모두 공자의 제자이다.
그리고 증자는 유가儒家의 오성五聖 중에 든 사람으로 효경을 지은
사람이다.

사람이 모든 일에 정성을 다할 수는 없으나, 그러나 부모님이 돌아가신 친상親喪에는 정성을 다하지 않으면 안 된다는 것을 공자께 들었다는 말이다.

필자의 15대조 쌍암雙巖 전엽全燁공은 증자가 효도한 방법 그대로 효도를 하여 조정에서 정려旌閭를 받고 삼강록三綱錄에 올랐는데, 필자는 친상을 너무 소홀히 하여 항상 송구한 마음 그지없다.

그러나 '성인여세이추이(聖人與世而推移 : 성인도 세상과 더불어 추구하여 옮긴다)' 라고 맹자는 말씀하였는데, 필자는 오직 이 말씀에 위로를 받는다.

吾 : 나 오 聞 : 들을 문 諸 : 모두 제 致 : 정성 치 親 : 어버이 친 喪 : 초상 상

136 子貢曰 君子之過也는 如日月之食焉이라 過也에
　　　자 공 왈 　군 자 지 과 야 　　　여 일 월 지 식 언 　　　　과 야

人皆見之하고 更也에 人皆仰之니라.
인 개 견 지 　　　경 야 　인 개 앙 지

【해설】 자공子貢이 말하였다. "군자君子의 허물은 일식日食과 월식月食 같
　　　　아서, 잘못이 있을 적에는 사람들이 모두 보고, 허물을 고쳤을 적
　　　　에 사람들이 모두 우러러본다."고 하였다.

【출전】《논어》자장子張

●에세이

군자君子는 가능하면 죄를 짓지 않으려는 사람이다. 그러므로 군
자가 죄를 짓는 것은 나도 모르는 사이에 일식과 월식하는 것처럼
죄에 빠져든다는 것이다. 그러므로 죄를 지으면 사람들이 모두 바
라보고, 허물을 고치면 사람들이 우러러보며 즐거워한다는 것이다.

공과격功過格[19]이라는 것이 있으니, 한 달씩 자신의 공과功過를 달
력에 기록하고 이를 보면서 착한 일을 한다는 것이다. 착한 공덕을
많이 쌓으면 복을 받고, 악함을 많이 쌓으면 벌을 받는다는 원리로,
매일매일 일을 마친 저녁이면 달력에 체크를 하면서 착한 공덕을
쌓는다는 것이다.

19 공과격功過格 : 중국에서, 민중 도덕의 실천을 권장하는 권선징악적인 일련의 서적.

필자는 요즘 이 공과격功過格을 마음에 새기고 매일매일을 산다. 아침에 일어나면 운동하러 나가면서 길가에 떨어진 쓰레기를 주워서 쓰레기통에 넣는다. 이렇게 하다 보니, 필자가 가서 운동하는 곳은 모두 깨끗한 공원이 되었다.

필자는 이런 깨끗한 공원을 보면서 마음 한구석에 흐뭇한 마음이 생기고 또한 타인의 모범이 된다는 긍지가 있어서 좋다. 그리고 착한 공덕을 쌓으니 얼마나 좋은가!

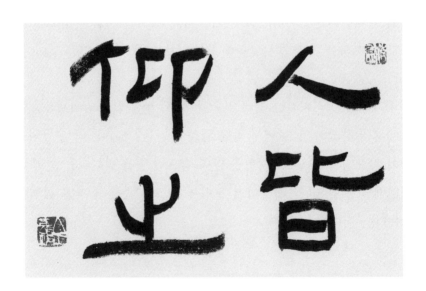

137 叔孫武叔이 毁 仲尼어늘 子貢曰 無以爲也하라 仲
尼는 不可毁也니 他人之賢者는 丘陵也라 猶可踰
也어니와 仲尼는 日月也라 無得而踰焉이니 人雖欲
自絶이나 其何傷於日月乎리오 多(祇)見其不知量
也로다.

〔해설〕 숙손무숙叔孫武叔이 중니仲尼(공자)를 헐뜯자, 자공子貢이 말하였
다. "그러지 마라. 중니는 훼방할 수 없으니, 타인의 어진 자는 구
릉丘陵과 같아서 오히려 넘을 수 있지만, 중니는 해와 같아서 넘을
수가 없다. 사람들이 비록 스스로 끊고자 하나 어찌 해와 달에 손
상이 되겠는가! 다만 자신의 분수를 알지 못함을 보일 뿐이다."고
하였다.

〔출전〕《논어》자장子張

●에세이

무숙武叔은 노魯나라 대부니, 이름은 주구州仇이다. 당시 무숙은
한 나라의 대부大夫이니, 당시대에 같이 살아가는 공자를 잘 모르고
한 말인 듯하다. 그런데 자공子貢이 대답한 말은 정답 중의 정답이
다. '공자 이외의 현자賢者라는 사람은 구릉丘陵에 해당하는 사람들
이어서 그들은 넘을 수 있지만, 공자는 해와 같아서 도대체 넘을 수
가 없다.'라고 하였다.

유가儒家의 성인聖人은 천지이기의 운행하는 법칙을 어기는 일이 없는 사람으로, 천지와 동등한 위치에서 하늘이 먼저 가면 내가 따라가고, 혹 성인聖人이 먼저 가면 하늘이 따라온다는 것이다. 이 얼마나 위대한 사람인가! 아마도 자공은 이를 말했을 것이다.

그리고 '공자는 해와 같으니, 행여 해를 비방한다 해도 해가 어찌 손상이 있겠는가! 비방하는 사람이 해와 같은 성인을 알아보지 못했을 뿐이다.' 라고 하였으니, 무숙의 무식하고 무례함을 에둘러서 말한 것이다.

叔:아재비 숙 孫:손자 손 武:호반 무 毁:헐 훼 尼:중 니 貢:바칠 공
丘:언덕 구 陵:언덕 릉 猶:오히려 유 踰:넘을 유 雖:비록 수
絶:끊을 절 傷:상할 상 祗:다만 지 量:헤아릴 량

요왈편堯曰篇

138 寬則得衆하고 信則民任焉하고 敏則有功하고 公則
관 즉 득 중　　　신 즉 민 임 언　　　민 즉 유 공　　　공 즉

說이니라.
열

〖해설〗 너그러우면 민중을 얻고, 신의가 있으면 백성이 신임하고, 민첩하
　　　면 공功이 있고, 공정하면 기뻐하느니라.

〖출전〗 《논어》 요왈堯曰

● 에세이

　높은 직위에 있는 자는 관용하는 마음이 있어야 하니, 그러면 민
중을 얻을 수 있다. 요즘의 높은 직위에 있는 자들을 보면 거의가 그
직위를 이용해서 사욕을 챙기는 경우를 많이 본다. 직위가 높으면
오히려 못사는 민중을 위해서 봉사를 하는 것이 마땅한 것인데, 오

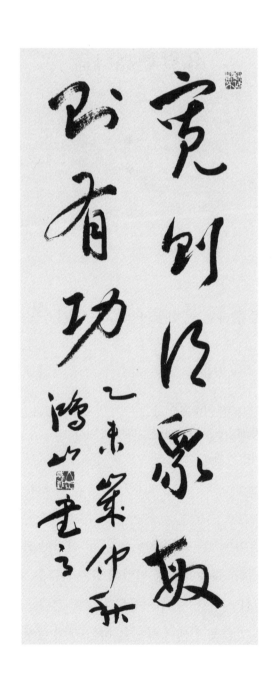

히려 자신의 욕심을 채우기 위해서 변칙을 해서라도 많은 돈을 벌려고 하니, 이러면 민중이 따르지 않는 것이다.

신의가 있는 사람이 높은 지위에 있으면 백성들이 신임하고, 직무에 민첩하면 일한 공功이 생기는 것이고, 공정하면 백성들이 기뻐하는 것이다.

지위가 높을수록 거짓을 말하면 안 되니, 조삼모사朝三暮四하는 사람을 누가 따르겠는가! 그러므로 공정하게 국사를 보아야 백성들이 이를 알고 기쁘게 따르는 것이다.

그러므로 사람을 가르치려면 어려서부터 윤리를 가르쳐야 하는 것이다. 오륜五倫을 알고 육예六藝를 배워서 이 세상에서 사는 법칙을 알아야 한다. 인의예지仁義禮智를 알아서 예절바른 사람, 지혜로운 사람이 되어야 한다. 그리고 사랑이 많은 사람, 의義로운 사람이 되어서 마음이 풍요로운 사람이 되어야 민중이 따르는 것이다.

寬:너그러울 관　衆:무리 중　信:믿을 신　任:맡길 임　敏:민첩할 민
功:공 공　說:기쁠 열

139 子張曰 何謂五美잇고 子曰 君子 惠而不費하며 勞
　　　자장왈 하위오미　　자왈군자 혜이불비　　로

而不怨하며 欲而不貪하며 泰而不驕하며 威而不猛
이불원　　욕이불탐　　태이불교　　위이불맹

이니라.

〔해설〕 자장子張이 "무엇을 다섯 가지 아름다운 것이라 합니까!" 하고 묻
자, 공자께서 말씀하셨다. "군자는 은혜를 베풀되 허비하지 않으
며, 노역을 시키되 원망을 듣지 않으며, (인仁)을 하고자 하되 탐하
지는 않으며, 태연하면서도 교만하지 않으며, 위엄은 있으나 사납
지는 않다." 고 하였다.

〔출전〕《논어》 요왈堯曰

●에세이

　군자는 공부를 많이 하고 벼슬을 하여 높은 지위에 있는 자니, 일
반 백성들에게 은혜를 베풀지만 과소비하지는 않고, 할 만한 노역
을 시키기에 원망을 듣지 않는 것이다. 그리고 인仁을 하려고 욕심
을 내되 탐하지는 않으며, 태연자약하되 교만하게 보이지는 않으
며, 위엄을 지니고 있으나 사납게 보이지는 않는다.

　필자가 몸담고 있는 서예계에 견주어 말하면, 공모전(국전 후신)에
입, 특선을 하거나 대상을 받아서 초대작가가 되면, 갑자기 그 사람
의 어깨에 교만이 붙는다. 그러므로 이 사람은 자기가 자못 모든 것
을 이룬 줄 알고 공부를 태만하게 하고, 또한 교만하여져서, 진정한

예술이 그 사람에게서 나오지 않고 오히려 퇴보하므로, 더 발전할
수 있는 사람이 이곳에서 멈추고 마니, 교만이라는 것이 이렇게 무
서운 것이다.

그러나 군자는 높은 지위에 올라갈수록 더욱 고개를 숙이므로 사
람들이 따르고 좋아하는 것이니, 겸손이 사람에게는 제일 좋은 것
이다.

張 : 베풀 장 謂 : 이를 위 惠 : 은혜 혜 費 : 허비할 비 怨 : 원망 원
貪 : 탐할 탐 泰 : 클 태 驕 : 교만할 교 威 : 위태 위 猛 : 사나울 맹

140 子曰 不知命이면 無以爲君子也요 不知禮면 無以
자 왈 부 지 명　　　　무 이 위 군 자 야　　　　부 지 례 　무 이

立也요 不知言이면 無以知人也니라.
립 야 　부 지 언 　　　　무 이 지 인 야

〖해설〗 공자께서 말씀하셨다. "천명天命을 알지 못하면 군자가 될 수 없
　　　　고, 예禮를 알지 못하면 설 수가 없고, 말을 알지 못하면 사람을 알
　　　　수가 없다."고 하였다.

〖출전〗《논어》요왈堯曰

● 에세이

　필자가 50살에 처음으로《설문고사성어》라는 책을 출판하고, 출
판기념회장에서 "50살에 천명을 안다고 했으니 나에게 주어진 사명
은 책을 쓰는 것이 아닌가!"라고 말했는데, 그 뒤로 18년이 흘렀고
출간한 책이 40권을 넘은 것 같다. 사람에게는 하늘에서 내려준 사
명이 있으니, 이를 알지 못하면 군자가 될 수가 없다는 것이니, 필자
에게 하늘에서 내려준 사명은 아마도 책을 많이 써서 우매한 사람들
을 깨우치라는 것으로 알고 열심히 책을 쓰고 있다.

　《논어》계씨季氏에 보면 "공자가 혼자 서 있을 적에 아들 백어伯魚
가 뜰을 지나가자 공자가 그에게 예禮를 배웠는지 물었다. '백어가
아직 배우지 않았다'고 대답하니, 이에 공자가 예를 배우지 않으면
몸을 세울 수 없다.(不學禮 無以立.)"라고 하니, 백어가 물러나 예를

배웠다.(退而學禮.)고 하는 기록이 있는데, 왜 예를 모르면 설 수가 없는가 하면, 사람은 사회적 동물이므로 늘 사람끼리 접촉하면서 살아간다. 이때 피차간의 예법이 있으니, 이를 모르면 상대에게 무례를 범할 수가 있으므로, 설 수가 없다고 한 것이다. 그리고 사람의 간사함과 올바름을 알 수가 있으므로, 남이 하는 말을 알지 못하면 저가 어떤 사람인지를 알 수가 없다는 말씀이다.

이 말씀으로 《논어》의 마지막을 장식했으니, 《논어》의 편술자들이 후대에 주는 교훈이 많다 할 것이다.

《논어》의 처음은 '배우는 것(學而時習)'으로 시작했는데, 마지막은 '천명天命을 아는 것'으로 끝을 냈으니, 천명을 알아서 세상을 잘 살라는 뜻인 듯싶다.

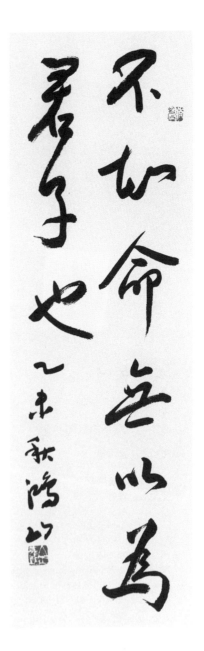

에세이 논어 論語

초판 인쇄 2015년 11월 10일
초판 발행 2015년 11월 16일

편   저 | 全圭鎬
디자인 | 이명숙 · 양철민
발행자 | 김동구
발행처 | 명문당(1923. 10. 1 창립)
주   소 | 서울시 종로구 윤보선길 61(안국동)
          우체국 010579-01-000682
전   화 | 02)733-3039, 734-4798(영), 733-4748(편)
팩   스 | 02)734-9209
Homepage | www.myungmundang.net
E-mail | mmdbook1@hanmail.net
등   록 | 1977. 11. 19. 제1~148호

ISBN 979-11-85704-45-6 (03810)
12,000원